FRANÇOIS DARAGNÈS
RiEN NE M'EMPÊCHERA...

Suivi de

« Autour il y avait la guerre »

de Marc Daragnès

*A mes parents
Marc et Madeleine*

© 2015, François Daragnès

Edition : BoD - Books on Demand
12/14 rond-point des Champs Elysées, 75008 Paris
Imprimé par Books on Demand GmbH, Norderstedt, Allemagne
ISBN : 9782322016228
Dépôt légal : Juin 2015

I

- « Tu commences l'anguille !

- Pardon ?

- Tu commences l'anguille !

- Je commence quoi ? »

Impossible de comprendre ce qu'essayait de me dire Alain, mon premier patron, au travers ce vieil interphone grésillant. Las de se répéter, il me convoqua dans son bureau pour me dire de vive voix, mi-amusé mi-irrité par l'annonce gâchée, que je commençais lundi.

∞

Un mois plus tôt, mon père m'avait donné le choix. Choix qu'il avait d'ailleurs dû prendre lui-même après dix secondes de réflexion. Je n'avais pas encore quinze ans et après trois années graduellement et dangereusement déficitaires en éducation scolaire (et malgré l'obtention de mon BEPC à la surprise générale), mon père, en ce début d'été 1987, me demanda ce que je comptais faire à la rentrée de septembre. En d'autres termes, et d'une façon aussi abrupte que soudaine, aller bosser ou retourner à l'école ?

- « Mais qu'est-ce que j'en sais moi ? C'est quoi cette question d'adulte ? »

Comme tous les gamins de mon âge, je n'avais eu à ce jour qu'à répondre à des questions aussi difficiles que « fraise ou citron ? », « rouge ou bleu ? », « droite ou gauche ? ». La première vraie et sérieuse question de ma vie me laissa sans voix pour trouver la mienne. La mort dans l'âme, je léguai mon avenir à mes parents qui, en personnes responsables, mirent définitivement mes neurones trop dilettantes au repos. Et c'est sur cette sage décision que je suis parti, à l'aube de mes 15 ans, apprendre un métier... mais lequel ?

∞

Août 87, il fait beau, il fait chaud et même très chaud. Je suis au milieu de cette place sans arbre, sans fontaine et sans âme. Il est 16 h et c'est ma première coupure. Une coupure, en jargon hôtelier, c'est cet espace de temps libre entre deux services, généralement entre 15 h et 18 h. Mais, sur cette place harassante d'ennui où les heures immobiles semblaient attendre un peu de vent pour défiler, ce fut là aussi ma première vraie coupure avec une vie désinvolte d'une jeunesse heureuse, le grand écart, sous un soleil de plomb, entre l'enfance et l'âge d'être adulte. Le vent ne vint pas, les heures sans fin m'étouffèrent. Absorbant un malaise, je régurgitai un cri : « Papa, viens me chercher ! ». Et tout en poussant ce premier cri dans ce monde nouveau, j'ai enterré là ma jeunesse et son insouciance sous de petits cailloux et le sable d'une place d'un village tarnais.

Je revois la cuisine, la cour ombragée par ces hauts murs de pierre que l'on ne pouvait qu'imaginer sous la montée de lierre, la fraîcheur qui en résultait et le calme tranquille de ce petit restaurant. Au cours de cet été 87 donc, mes parents, nouveaux maitres de mon avenir, m'avaient dégoté un apprentissage en cuisine. Bien sûr, ils m'avaient demandé mon avis. Mais ils avaient dû prendre encore une fois pour moi la décision après dix nouvelles secondes de réflexion et un hochement de tête mollement positif de ma part.

Aux périodes marquantes s'associent en résonnance des paroles : celles de mon père qui me questionna sur mes envies alors inexistantes. Aux périodes marquantes s'associent en résurgence des images : celles de cette place déserte où mourut subitement mon enfance après tout juste trois jours d'essai dans ce restaurant. Restaurant tenu par deux frères particulièrement gentils qui n'émirent aucun reproche sur ma première réalisation culinaire pourtant bien simple : des poissons panés. Plat servi en deux fois… poissons d'un côté, panure de l'autre !

Il y avait, juste au-dessus de la cuisine, une chambre que je partageais avec l'apprenti serveur qui, comme moi, ne pouvait rentrer chez lui tous les soirs. Mes parents devaient venir me chercher pour le week-end. Mais le week-end arriva un mercredi et je décidai de stopper – au grand soulagement des gastronomes – ma collaboration avec les fourneaux de la cuisine professionnelle.

Mon père vint me chercher. Je le revois, désemparé par l'incertitude de mon avenir et mon incapacité à m'investir. Que faire ? Nouvelles questions, nouvelles craintes de pouvoir un jour finaliser correctement mon éducation. Heureusement, la chance, qui m'a toujours accordé sa bienveillance, allait dissiper tout cela. En effet, à la même période, ma mère gardait les enfants d'un couple qui gérait un supermarché sur Albi (ville qui m'a vu naître et que j'espère pour vos yeux vous connaissez). Ils me proposèrent une place d'apprenti boucher. Boucher ? Pourquoi pas ! Me voilà reparti pour un deuxième essai professionnel qui fut rapidement et mutuellement concluant. Et alors que je m'appliquais derrière l'étal, l'interphone, qui nous reliait au bureau d'Alain, sonna. Et c'est ainsi qu'une voix inaudible m'annonça que je commençais l'anguille.

Fini la théorie, le théorème de Pythagore et autres leçons pompeuses. Je pars maintenant calculer la longueur du carré d'agneau, l'épaisseur du rond de gîte, fractionner avec ma feuille les côtes, diviser les régions du charolais, apprendre la géographie du bœuf, les origines de la bête.

De ces deux années d'apprentissage, j'ai gardé beaucoup de bons souvenirs, un métier que je n'ai jamais vraiment maîtrisé et un sentiment de solitude. Non pas une solitude physique, car je passais beaucoup de temps au travail au milieu de gens que j'appréciais. Quant à mes repas et mes repos, ils se faisaient en famille. Mais, dans ce monde d'adultes où je fus propulsé si jeune, les amitiés non particulières dans une adolescence singulière n'eurent pas lieu.

II

Je ne peux me souvenir à quelle période mes yeux dévièrent, dans les rayons de la presse, des revues de charme « classiques » vers celles plus orientées de « garçon à garçon ». Je ne savais même pas que ces revues existaient, mais mon corps les devina et, d'un frisson troublant, elles attirèrent mon regard. Mon désir déjà agonisant pour ces femmes dévêtues, soudain se raviva, me troubla et m'engloutit dans un flot de questions. Bizarrement, cette déferlante m'oxygénait car, revenu à la surface, je voyais la vérité, ne l'acceptais et replongeais. Des bancs entiers de réponses s'évanouissaient, mon désarroi grandissait, je m'accrochais à rien, flottais des mois entiers, nageais vers des mirages de plus en plus lointains. Parfois, je reprenais espoir dans des infos « pêchées » au gré des arrivages, au cours d'émissions cathodiques où ce sujet spécifique était abordé et qui m'apportait de vagues réponses. On y dissertait d'expériences proscrites, d'essai, de jeu, de découverte qui – rassurez-vous, jeunes gens ! – ne seront pas forcément révélatrices pour tous les ados fragilisés espérant une issue… « naturelle ». Mais si ces débats d'ébats me ballotaient d'espoir en désespoir, tout ça fut bien vite noyé dans mon âme de fond qui balayait les indices et mes illusions.

Je dus me résigner, je l'étais. J'avais perdu le combat… non ! Je l'avais gagné car, acceptant la vérité, je m'étais libéré.

Je fis les derniers mètres dans cette amertume, avalai ma rancœur, me tins debout sur la rive face à ma vraie nature. Je me retournai alors vers cette mer qui avait failli m'engloutir… ce n'était qu'un verre d'eau !

Au début, je ne vis rien. J'avançais dans cette nature nouvelle sans y croiser un congénère, une âme sœur. M'étant apprivoisé, je cherchais maintenant la tribu des gens qui me ressemblent, des spécimens pareils. Mais ici rien qui se dandine à l'horizon car, dans cette jungle sociale où les hyènes homophobes n'assument leur virilité en ne chassant qu'en groupe, ceux qui s'affichent trop ouvertement ont parfois du courage. Alors on vit caché ou tout simplement tranquille. On en aurait vu un par ici, un autre chez un proche voisin. Moi, je cherchais. Mais la plupart désertent ces forêts pour des cités lointaines où les civilisations modernes ont déboisé les clichés. S'assumer, c'est aussi fuir.

Ici, personne à qui parler, car du sujet, j'avais banni ma famille. Je croyais être seul et je le fus longtemps par ma seule volonté et par mes craintes qu'elle n'avait pas méritées. Ils étaient pourtant là mes alliés, ceux qui n'allaient jamais cesser de m'aimer. Je ne pensais pouvoir trouver qu'un soutien extérieur, il me suffisait de les appeler.

Mais je ne savais même pas qu'il fallait se battre. Je pensais juste qu'il fallait attendre tout simplement ce qui m'était dû : l'amour. Ce n'était qu'une histoire de patience. J'étais grand et fort. Je ne sous-estimais rien, je ne voyais rien, c'est tout.

Vivant dans un monde chimérique, je ne sentais pas les claques de la vie. Il n'y avait pas de problèmes, que des solutions.

Alors volontairement, quasi naturellement, j'avais exclu ma famille de toutes confidences. Dans cette « double » vie que je me prévoyais, dans cet avenir que je voyais solitaire, je les avais réduits à l'état de figurants. Ils avaient, dans cette autre partie de mon existence, disparu. Cinq êtres devenus, comme dans ces illusions picturales où se cachent dans le feuillage des personnages, un arbre et une fleur entourés d'un champ si roux, un simple décor.

Qu'avais-je à craindre d'eux ? Un rejet ? Oui, je le croyais. Aujourd'hui, tout cela pourrait me sembler ridicule, mais c'est bien cette peur qui me fit vaciller.

Oh et puis je m'en fous ! Qu'ils me rejettent s'ils le veulent. À vingt ans, j'aurai mon petit copain, une vie tranquille et heureuse, je n'aurai plus besoin d'eux... Il y a des pensées qui marquent !

Alors, seul dans ma chambre, mon refuge, armé de cette phrase – mon ambition – et d'un sentiment d'invincibilité, je suis parti à la conquête des sommets du bonheur. Je suis parti comme on fait une fugue, un petit balluchon ridicule rempli du strict nécessaire à rien, une prétention légitime, la tête haute et la queue entre les jambes. On tourne à droite à l'angle de la rue, puis c'est toujours tout droit. C'est facile, le bonheur, c'est toujours tout droit. Ceux qui le loupent, ceux qui passent à côté ne doivent pas être très doués. Ils ont bifurqué à la première occasion. Ils ont choisi un chemin escarpé là où il suffit de suivre la route, celle qui est toute droite. Ah les imbéciles ! Mais moi je sais, je connais le chemin. Et si seulement il n'y avait pas eu ce soleil aveuglant, cet avenir prometteur que je m'offrais sur un plateau sans condition aucune, je l'aurais certainement vu ce mur. Lui aussi était tout droit. J'y fonçais en roue libre, illusion au vent. Je n'étais plus qu'à sept ans de l'impact, sept ans d'un long effilochage onirique.

C'est donc vers 15-16 ans que je décidai de devenir alpiniste. Je croyais grimper vers les cimes du bonheur, mais je descendais en enfer. C'étaient des montagnes en trompe le cœur. Et comment pouvais-je deviner avec le ciel si bleu pour seul horizon, et alors même que l'air se raréfiait, que le sommet était un gouffre, et les neiges… du soufre.

III

Elle était là, sournoise et patiente. Je vivais avec elle et elle ne m'avait jamais dit son nom. Mais aurais-je eu le courage de lui demander si je l'avais soupçonnée ? Ne sachant pas qu'elle existait, je l'ignorais totalement. Je la fréquentais sans la connaître, la supportais sans la sentir, la refoulais, ne la connaissant pas, je la méprisais de fait. Ennemie invisible, elle me toisait. Elle attendait son heure, cachée derrière la porte de mon inconscience, prête à bondir, gonflée de rancœur et, dans un besoin de reconnaissance, je ne pouvais lui échapper. La garder enfouie était devenu impossible, je devais la nommer, en assumer la paternité. Elle était née en moi, avait grandi en moi, insoupçonnable dans un déni de grossesse. Il fallait toutefois que je l'accouche et, puisque je m'y refusais, elle m'attaqua dans une douleur indescriptible. Elle me frappa au ventre, me sécha, me tétanisa, me réduisit en poussière, arrachant définitivement les derniers lambeaux d'une carapace de papier. Elle me vida de toute substance positive et il me fut impossible de réagir. Ce fut une attaque lâche contre un lâche, refoulement contre refoulement. Enfin, elle me sauta au visage et m'avoua son nom : Dépression.

Je compris, bien des années plus tard, qu'elle était née en moi en ce jour d'août 1987 sur cette place de village tarnais, là où j'avais connu ma première angoisse. Fille de l'insouciance assassinée et de l'extra-sensibilité.

Je l'avais négligée, elle ne me quittera plus. J'avais 22 ans et celle qui venait de me gifler allait être ma compagne dans une relation que je sais aujourd'hui, 16 ans plus tard, destructive et exclusive. Sa jalousie maladive m'interdit toute incartade avec le bonheur. Et même si j'ai su parfois m'en détacher, ce n'était que pour des relations passagères, des coups d'ascenseur, des moments brefs. Très vite, je regagnais ses jupons. Je la retrouvais quotidiennement, vivant sous son emprise. Je me couchais avec elle et surtout, ô suprême supplice, je me réveillais à ses côtés. Je n'avais pour lui échapper que le choix ultime. Elle me poussa à bout souvent, et bien des fois j'ai voulu abandonner. Mais dans cette guerre que pourtant je négligeais, ces batailles non menées, je n'étais heureusement que blessé. Ma vie ne fut longtemps que convalescence. Je n'avais qu'une arme pour me défendre, celle de la volonté. Mais celle-ci est insidieuse, moins on en a, moins on a envie d'en avoir. On pense l'ennemi à terre, mais l'ennemi c'est nous. On croit se battre, au mieux on se débat. Elle nous raille et on déraille.

∞

C'était un lundi. La matinée, à ce que je me souvienne, s'était plutôt bien passée. J'étais rentré chez moi du boulot vers 13h. Mon frère était là, mes parents, eux, étaient en vacances. Avec mon frère, on a mangé – vite fait mal fait – des petits pois en conserve réchauffés tels quels et des steaks hachés. Pour lui bien cuits, pour moi mal cuits. C'est vers 14h30, au moment de repartir au travail, qu'elle m'a frappé. Un vrai cataclysme intérieur, puis une grande panique s'est ensuivie. Pendant quelques minutes, je n'étais plus que cendres, je n'étais plus rien.

Heureusement, depuis quelque temps, je n'étais plus seul. J'avais rencontré quelqu'un par connaissance interposée. On se voyait régulièrement, toujours chez lui. C'était un homme posé, très à l'écoute... c'était mon psy. Il avait la réputation d'être bon, moi je savais qu'il était cher.

On ne peut faire confiance à personne... Il me fera « interner ». J'ai passé les quinze jours suivants en maison de repos, pour mon plus grand bien et, cela va sans dire, avec mon accord d'un grand hochement de tête.

∞

Maintenant qu'on la voit, on la regarde, on la repousse, on l'oublie parfois dans cet endroit idéalement calme, une maison de repos, un centre d'accueil réservé aux non-adultes. Une simple maison aux vertus insoupçonnables, au milieu d'un lotissement aux villas banales. Un legs – forcément généreux – où se retrouvent les mal-être juvéniles. Curieux mélange d'une clinique de jeunes en « formation », comme une colonie où les monos seraient des psys. C'est la première étape d'un long processus, un travail laborieux, pour certains, impossible, inextricable, aux scarifications éternelles de l'âme. Ceux qui veulent vous aider, souvent ne le peuvent, et vous restez longtemps votre pire ennemi, le fossoyeur de votre volonté. Puis arrivent finalement les jours où lentement glisse de vous ce mal-être, comme une longue longue et pénible mue, aux résidus perceptibles dans une larme facile.

Aujourd'hui, on vit séparés. Mais je sais qu'elle pense encore à moi. Elle s'est adoucie et s'est trouvé des surnoms en lisant Madame Bovary et Les Fleurs du Mal... certainement pour me faire moins peur. Mais je la sais dangereuse, même si je lui tiens tête plus facilement. En fait, on ne la quitte jamais tout à fait. Parfois je la croise dans un moment de solitude, je la laisse flirter, non pas qu'elle ait du charme, mais elle profite de mes faiblesses comme elle s'en nourrissait quand je la portais en mon ventre.

Récemment, elle a forcé ma porte, m'a proposé un whisky et s'est assise avec moi sur le canapé. Elle m'a regardé trembler et je l'ai vue jouir cette pute. Elle est restée peut-être deux heures. Je la sentais entreprenante et sûre d'elle. Mais elle avait oublié que si je n'ai pas d'arme, j'ai une mémoire. Je sais maintenant la blesser, la frapper dans son orgueil. J'ai respiré calmement, jeté son whisky, puis je l'ai regardée et j'ai souri. Je l'ai sentie se décomposer, décontenancée. Je n'ai même pas eu à lui demander, elle est partie, me laissant fier et peut-être un peu plus fort.

CHAPITRE 1

Ma mère m'ayant gardé enfermé tout l'été, je suis donc né vierge en ce début de mois de septembre 1972.

J'avais bien depuis quelques jours la bougeotte, mais mes parents m'ayant déjà fait rater mes premières vacances d'été, je décidai, dès la rentrée, de m'offrir un week-end en arrivant un samedi. Il était aisé pour moi de choisir le jour, le bavardage incessant de « curieuses » dames curieuses entourant ma mère m'indiquait la date en temps réel. Chacune choisissait pour moi mon jour de sortie. On pariait même sur mon sexe sans aucune pudeur. Pour ce qui est de l'heure, par contre, ça je ne l'ai pas choisie, c'est sûr. Je fus réveillé au petit matin par les cris d'une femme qu'un homme déclarera plus tard aux autorités comme étant ma mère. Celle-ci cherchait visiblement à m'expulser et je fus, malgré ma réticence et mon jeune âge, poussé dehors sans ménagement. Je me mis à mon tour à crier pour répondre à l'hystérique qui s'était enfin calmée et reprenait lentement son souffle. Mes cris provoquèrent une joie collective et une profonde vexation en ce qui me concerne. Et puisque mes pleurs les avaient remplis de joie, ils allaient encore y goûter de nombreux mois, après tout, il est si facile de faire plaisir aux gens !

∞

J'ai vécu les années soixante-dix sans même savoir qu'elles existaient. Sans y être vraiment, sans y participer. Sans modernité, loin de tout, comme coupé du monde, car la télé n'existait pas encore. Il serait plus juste de dire que nous n'en possédions simplement pas. Je n'ai même pas la souvenance de l'avoir regardée ne serait-ce qu'une fois, ni d'en avoir aperçu une quelque part. Elle a réellement été inventée pour moi à la fin des seventies. Ce fut mon passage historique d'une époque quasi antique vers le siècle des lumières. Transition radicale, car J'ai vraiment cette impression étrange qu'avec elle, on nous amenait également l'électricité. Est-ce dû aux nombreux souvenirs de nos soirées passées à la lueur des chandelles, les soirs d'orage et de tonnerre ? Les plombs qui sautaient, le noir, puis la lampe de poche qui nous guidait jusqu'aux bougies et aux allumettes jamais très loin. C'est peut-être encore dû à l'absence de sonnerie de téléphone qui lui ne sera « inventé » que trois ans plus tard, pour mes dix ans, par mon oncle « pététiste », et qui nous amènera, quant à lui, du siècle des lumières aux temps modernes.

Ces années soixante-dix, les huit premières de ma vie, hormis quelques flashs, sont surtout une sensation d'une jeunesse heureuse... normale.

Cela semble tellement évident d'être sans souci quand on a huit ans, alors on oublie que nous sommes des « nantis ». À cet âge-là, je pensais bêtement que notre famille était épargnée par la mort. J'avais entendu parler d'un décès dans le voisinage et je me rappelle m'être fait cette réflexion, qui reflète bien l'état utopique dans lequel on vit parfois et dans lequel tous les enfants du monde devraient vivre. Mon grand-père était bien décédé dans ma première année de vie, mais on n'avait apparemment pas jugé important de m'en informer. Malheureusement, je n'allais pas rester naïf très longtemps. Le début des années 80 me ramena à la vie réelle et, avec elle, à la mort qui s'ensuit invariablement.

∞

Entre les premiers cris libérateurs et le premier cri dévastateur, entre l'insouciance éclatante et son absence oppressante, entre les souvenirs oubliés et ceux à oublier, entre l'inconscience et l'âge d'être adulte, j'ai vécu 14 ans de vie heureuse, 14 ans pleins, puisque j'oublie volontairement les jours d'école, quelques jours d'ennui, quelques claques plus ou moins méritées qui nous tombaient dessus les jours d'exaspération, et d'autres contrariétés qui ne sont là, on le sait, que pour nous faire apprécier les petits bonheurs quotidiens.

∞

Mais peut-on se fier à cette mémoire qui, d'une sensation associée à de vagues images, prend les souvenirs, les érige en édifice, en mémorial irisé, triste ou gai, en monument superbe ou dégueulasse selon les vies. Les souvenirs aux socles fragiles que notre cerveau transforme, exagère, minore, invente parfois, toujours à notre insu, pour nous édulcorer ou embellir une nouvelle réalité. Les souvenirs communs deviennent alors tous personnels. On partage de lointaines vacances, où il faisait si beau, avec des amis, de vieux camarades ou de la famille.

- « Mais tu plaisantes, il n'a pas arrêté de pleuvoir !

- Et moi, je suis sûr que je n'étais pas là ce week-end-là. »

On partage le fond, mais les formes ont varié. Ces souvenirs qu'il ne faut recevoir qu'avec de l'indulgence, partager qu'avec des amnésiques pour garder intact ce que l'on a déformé, arrangé à notre morphologie sensitive. Et non ! Pas question d'être un promoteur avide, tout raser ou cacher des malfaçons sous du crépis fragile, faire d'un champ stérile le « notre jardin ». Mais les ronces de mon enfance, où nous plongions les mains pour cueillir les mûres, ont aujourd'hui moins d'épines et plus de fruits. Les orties, que nous évitions prudemment, ont satiné leurs feuilles, attirant ma main dans un rêve nostalgique.

Alors peut-être que vous, mes sœurs, de presque 7 ans mes aînées, vous n'avez rien retenu de la symphonie pastorale que maman écoutait et qui enchantait mes dimanches matin ensoleillés – car ils l'étaient, j'en suis sûr ! – ou rien entendu de ce disque de Claude François, « le jouet extraordinaire », que je mettais en boucle dans ce mange-disque, orange je crois, tout cela pendant que vous deviez faire mon lit, ma chambre et toutes ces tâches ménagères dont vous étiez capables dans votre enfance finissante. Comment brillait ce soleil qui se couchait sur votre chambre quand il brûlait la mienne aux premières lueurs de ma vie ?

Peut-être que toi, mon frère, de tout juste 15 mois de plus que moi, tu aurais bien aimé garder plus longtemps ce landau, moins partager le temps et les câlins. Peut-être que tu m'aurais voulu plus facile, nous sommes tellement différents. Et ton ciel, comment il était pendant que j'y volais ? Avons-nous eu la même enfance, les mêmes vacances, les mêmes parents ?

∞

Il faut dire que j'ai eu une chance énorme, non seulement mes aînés ont aidé au perfectionnement de la méthode d'éducation de mes parents, mais en plus, ma mère n'a pas eu de jeunesse heureuse. Une jeunesse vécue entre un père immigré turc, tombé rapidement malade, dans l'incapacité de subvenir aux besoins familiaux, parfois aigri, et une mère qu'elle a vue souvent triste et qui disparut juste un mois avant la naissance de son premier petit-enfant, ma sœur aînée.

Année 65, elle a presque 26 ans, lui bientôt 33. En banlieue parisienne, ils n'ont rien sinon l'espoir des jeunes mariés. Un peu de bonheur quand même.

Puis rapidement, c'est le départ, presque un exil.

Son nouveau-né dans les bras, son chagrin dans le cœur, quelques valises à trainer, la route qui la menait de la capitale, où elle naquit, jusqu'à cette demeure perdue du Tarn, sans confort, n'était pas la bonne. Pourtant, laissant derrière elle cette enfance tronquée, elle aurait dû, avec son mari, être plus sereine. Mais son déménagement avec mon père, vers l'horrible ferme isolée, en plein hiver si gris, si froid, ce dépaysement lui fut fatal.

Trop c'est trop ! Les jours terribles commencèrent à défiler sur les lits blancs des cliniques dites « de repos ». Les mois qui suivirent furent perdus sous les traitements appropriés de l'époque et donc... inappropriés. Cure de sommeil, on oublie tout sauf le pire. Et si par chance vous n'avez pas connu ces douleurs, je peux juste vous les décrire avec les mots de ma mère : « Je ne souhaite pas ça à mon pire ennemi ! »

Et moi, j'appelle ça de la chance ! Mon cœur doit être bien pourri pour penser cela. Qu'au moins je ferme ma gueule et que j'aille me cacher derrière le rouge de la honte.

Mais pour moi ce fut une chance, car mon éducation ne fut placée que sous la simple consigne : droiture et politesse. Elle n'eut qu'un combat dans sa vie de mère : nous voir heureux, que ce soit en robe d'avocat ou en guenilles de mendiant, tendant la main... aux autres, pédés mais polis.

Je n'avais, pour décevoir ma mère, que le choix de faire de la politique ou être bonne sœur... impossible dilemme, je ne pus choisir.

Alors, peut-être que j'ai le droit de considérer que c'est une chance d'avoir vu et compris très tôt cette lutte imperceptible, parfois invisible, pour nous éloigner au maximum de ce marasme qu'elle avait connu.

Il y a ceux qui reproduisent et vous corrigent, et ceux qui se corrigent et qui produisent.

Et oui, j'affirme haut et fort que c'est dans cette volonté d'avancer sans volonté – qui est la vrai force des faibles – que c'est dans ses yeux où j'ai vu parfois les prémices d'une larme en évoquant son dégoût du passé, dont elle a su s'émanciper, que j'ai trouvé une grande partie du respect et de l'amour que j'ai pour ma mère. Et ça, c'est ma chance à moi.

CHAPITRE 2

À 15 ans, j'ai tout juste le temps de mettre un tablier et un calot sur la tête et me voilà déjà dans le monde du travail.

∞

Deux mois plus tôt, je quittais l'école et le souci prioritaire d'éviter les zéros. Mais les notes hivernales tombaient sans discontinuer sur les feuilles blanches. Le degré zéro était quasiment atteint dès septembre en matière d'habillement. Mes parents m'avaient mis, à ma demande, en école privée. Celle-ci étant bien sûr payante – et je connaissais le sacrifice que je leur imposais – je me refusais à leur faire dépenser quelques sous supplémentaires en tenue vestimentaire. Je n'eus pas besoin de remarques désobligeantes – qui d'ailleurs ne vinrent jamais ! – pour me sentir mal à l'aise. Et on ne me fit pas non plus de compliments sur ce petit pantalon gris en velours côtelé, légèrement pattes d'éph, terriblement démodé. Les ados sont parfois cruels !

J'ai donc passé ma dernière année scolaire chez les bonnes sœurs ou, devrais-je dire, chez les « peaux de vache » comme les surnomme ma mère à qui elles ont laissé un souvenir des plus mitigés tout en se faisant une solide réputation de redresseur de sort. Mais mon sort était jeté depuis longtemps par sorcière paresse. Mon laxisme cérébral permanent eut raison de leurs bonnes volontés. J'avais cru, en demandant mon « cloîtrage », qu'elles feraient des miracles et m'obligeraient à travailler. Mais elles ne purent jamais ranimer mon cerveau comateux. Point de miracles en ces lieux pieux.

Je garde toutefois un bon souvenir… des récréations. C'est aussi dans cette école que je suis tombé amoureux pour la première fois. Mais ça, je ne le compris que plus tard, à la fin de l'année scolaire, après notre séparation définitive due à nos destins divergents. S'en est-il douté, alors que j'étais mû par un élan que je ne comprenais pas ? Moi, j'eus tout l'été pour appréhender un sentiment que je ne connaissais pas.

∞

Et c'est armé jusqu'aux dents de couteaux et de fusils que j'entame ma vie professionnelle. J'ai plutôt un boulot qui me plaît. Mes collègues, eux, sont sympas, et j'ai un patron très correct, qui m'apprendra cependant, dans sa grande mansuétude, à serrer les fesses. Un patron reste un patron !

Je suis préparateur en produits carnés, autrement dit, apprenti boucher. Dire que j'adore les animaux et que j'aurais vraiment aimé être vétérinaire ! Œuvrer plus particulièrement à la campagne au milieu des vaches et des moutons. Hélas, je ne serai que leur légiste. Mais mon cœur de paysan et mes envies carnivores m'accommodèrent très bien à ce métier. Saint François d'Assise, pardonnez mon offense, car si je déplore l'acte criminel, je me console très vite autour d'une entrecôte, d'un saucisson ou d'un bon barbecue.

Je passe les trois-quarts de mon temps derrière l'étal, à la vente. On m'y oublie facilement, et faute de temps, je n'aurai, durant ces deux années, qu'une éducation rudimentaire sur la découpe et le désossage bovin. Lacune que je ne comblerai jamais vraiment.

Il faut dire que, derrière le comptoir, je suis plutôt bon. Je vends, à peu près, ce que je veux à qui je veux. Je suis jovial et j'ai la tchatche. Mais le commerce est une pierre ponce qui vous use lentement, et dix-sept ans plus tard – dont les neufs dernières à mon compte – étant devenu un vieux con aigri derrière son comptoir, je mettrai un terme définitif à notre supplice réciproque. Quittons-nous en bons termes. Je m'en vais à mon tour faire le client. Il paraît d'ailleurs que je ne suis pas le plus facile !

Mais, à 15 ans, je m'éclate à la vente. J'y apprends la psychologie commerciale et plus généralement le fonctionnement basique de l'être humain en taillant des bavettes. Les gens aiment parler d'eux, alors ils s'épanchent et sèment. Je leur prête attention et les laisse parler. Je glane des renseignements sans le savoir. Ce n'est qu'en les voyant germer en comportements répétés que je les juge intéressants. Que ce soit pour eux ou pour ce qu'ils me racontent, je les entends toujours avec plaisir.

Du client qui ne peut s'arrêter de parler – de lui évidemment ! – à celui qui s'intéresse à vous sincèrement, en passant par ceux qui vous écoutent poliment mais pas trop longtemps, j'apprends à me taire et j'observe. Parfois, je confesse, écoute pieusement, analyse beaucoup et absous toujours ceux qui sont parfois venus plus pour chercher du réconfort qu'une tranche de jambon. J'attrape les informations, les compare, j'essaie, décortique. Je regroupe et découpe, fais des conclusions, tranche, me trompe, qu'importe j'avance. Quelle est la meilleure façon d'apprendre sinon celle d'écouter et d'observer ? Les comportements humains m'intéressent, me laissent narquois. J'en viens à juger facilement, jusqu'au jour où, quelques années plus tard et plus sage, on s'aperçoit que l'on ne reproche jamais tant aux autres que ses propres défauts. La vie aussi est bien cruelle !

J'ai, au cours de ces 17 ans de boucherie, rencontré bien des gens. Une flopée d'inconnus de passage au visage si vite oublié et quelques autres que l'on a si vite envie d'oublier. Il y a aussi ces individus indélicats partis avec le sourire et une jolie ardoise. Mais, parfois, on arrive à les rattraper. Comme cette dame qui, après vous avoir fait deux ou trois petits crédits toujours réglés rapidement, vous laisse un joli compte débiteur. J'apprends auprès d'autres collègues commerçants qu'elle est coutumière du fait. Manque de pot pour elle, je la retrouve. Elle me jure ne pas s'en rappeler, j'en profite donc pour lui doubler la note ! Vu sa tête déconfite… visiblement elle mentait.

J'en ris encore, comme je ris de ma propre bêtise avec cette autre cliente qui, au moment de payer, me dit avoir oublié son porte-monnaie dans la voiture et vouloir aller le chercher.

- « Mais ne partez donc pas les mains vides ! » lui ai-je dit en lui tendant les deux gros sacs bien remplis. Cela va sans dire, je ne l'ai jamais revue.

∞

Si l'on apprend à être rien, on devient le confident, parfois aussi l'ami, ou plus rarement le fils tant attendu ou parti trop tôt. Du client roi au soutien sincère, parfois matériel et même financier, j'ai appris la vie et ses valeurs derrière un comptoir durant 17 ans.

Et plus particulièrement durant les 9 ans où j'ai été à mon compte. Dans ces années difficiles, les signes d'amitié furent d'un grand réconfort. Toutes ces visites régulières, ces achats journaliers, ces détours faits pour moi, tous ces gestes « anodins » ont-ils reçu toutes la gratitude qu'ils méritaient ? Comment exprimer ma reconnaissance à tous ceux qui m'ont soutenu sans même peut-être savoir à quel point ? Tous ces gens qui viennent à vous juste parce qu'ils sont heureux de vous voir sourire ont laissé en moi, imprimé à l'encre sympathique, une trace indélébile.

Car ce fut vraiment des années difficiles. Je ne le ressens plus comme ça aujourd'hui, mais je sais ce que j'ai vécu. Je me souviens des peurs persistantes, je me souviens des douleurs récurrentes, des flottements comme des vertiges. Je me souviens d'un jour, peu de temps après l'ouverture de ma boucherie, où mes parents partirent en vacances. Je me souviens avoir souri pour mieux figer mes lèvres de ce léger tremblement. Je me souviens m'être tenu pour arriver à mieux mentir. Ils ne devaient pas savoir et c'était mieux ainsi. Il n'était plus question de les exclure de ma vie ou de mes problèmes, mais de les préserver. Je ne peux les empêcher aujourd'hui de se sentir coupables, mais quel infâme oserait les blâmer ? Ils ont tant de fois été là, ils ont toujours été là. Je m'en suis sorti pour eux, par eux, grâce à eux.

Mais quelle idée aussi de s'embarrasser d'une boucherie, d'un tel fardeau à tout juste vingt-deux ans ! Quand j'ai signé chez le notaire, il y avait seulement six mois que nous avions officialisé notre relation avec la dépression. Six mois que je l'avais enfantée dans la douleur et qu'elle m'avait envoyé me reposer quinze jours dans un centre d'accueil pour jeunes en perdition.

Mais le processus était lancé de longue date, et puisqu'il fallait vivre, il fallait projeter. Simple employé, j'aurais pu, au gré des matins impossibles, déserter mon poste bien trop facilement, puis le perdre finalement. Cette sale progéniture, je ne pouvais pas la faire garder. Trop lourde à traîner, elle m'aurait enchaîné dans mon lit à l'oisiveté. Je l'aurais bien sûr laissée faire, soumis à sa volonté et privé de la mienne. Et n'en déplaise aux battants qui nous regardent méprisants, on ne prend pas goût au dégoût.

Alors peut-être que oui, ce n'était pas forcément une si mauvaise idée de m'investir dans l'avenir. Mes nouvelles responsabilités, les charges et la charge m'obligeaient à des efforts de survie. J'ai mené mon projet à bien, mon projet m'a mené à mieux. Et tant pis si cette compagne indésirable s'inscrivait sur mon front, le ridait, s'y installait des jours entiers en pacha poussif, me donnant des airs de ne pas me parler. Je pouvais quand même un instant, le temps de vous couper du jambon, la masquer.

CHAPITRE 3

Si l'on me demandait ce que j'ai fait de mon adolescence, je répondrais certainement : rien. Ce qui est bien sûr faux. Je n'ai, en fait, pas eu d'adolescence, ou du moins c'est le sentiment que j'en ai. À 15 ans, comme cadeau d'adieu à l'insouciance, j'ai droit tout simplement à de nouveaux compagnons de jeu. Ils ont en moyenne de 30 à 40 ans, parfois plus. Ils sont déjà ridés, contrastent fortement avec mon teint juvénile et ma peau lisse qui ne se plaindra jamais, elle, d'être privée d'adolescence et donc d'acné. Je rentre dans la cour de jeux de ce supermarché, un peu timide. Je regarde mes nouveaux amis d'un air dubitatif, l'une à l'air cool, celui-ci me semble plus sévère. Je suis un peu perdu comme quand on arrive dans une nouvelle école, mais je vais rapidement trouver mes marques. Ici, chacun semble avoir déjà son jeu attitré. Là, on joue à la crémière, plus loin à la caissière, certains petits débrouillards s'approprient plusieurs jeux. Sur la droite, il reste la machine à jambon que personne ne semble vouloir se disputer, elle sera mon jouet pendant les deux prochaines années. Après quelques jours d'acclimatation, me voilà dans le bain. L'ambiance est bonne, tout le monde est très gentil et l'on entraîne plus ou moins volontairement la clientèle dans notre bonne humeur.

De temps en temps, un de mes tous récents amis, un grand, m'emmène avec lui pour découvrir de nouveaux jeux. On part nettoyer les poubelles, ranger l'entrepôt. Au bout de 5 mn, en gamin capricieux, il se lasse et retourne jouer avec les autres, me laissant seul à la construction de murs de cartons, à l'empilement de palettes. Mais ça m'est égal de rester seul, j'apprécie ma compagnie, ma relation avec la solitude est consentie. Et puis je ne suis pas fâché de lâcher ma machine à jambon qui en mauvaise amie tente constamment de me mordre les doigts.

Dans tout changement, il y a du bon et du mauvais, de nouvelles règles. Il y en a une que j'apprécie disons... moyennement. En effet, deux fois par jour, on se doit de nettoyer ses jouets. J'aime bien sûr quand tout est propre ; mes parents ont toujours tenu une maison impeccable et c'est tellement agréable. Mais, comme le dirait le père de ce fameux chat belge : « À la maison, je suis pour le partage des tâches, c'est moi qui passe l'aspirateur... à ma femme ». De plus, cette machine à jambon ne respecte pas du tout les normes de sécurité applicables aux jouets que j'ai eus jusqu'ici. Mes protestations n'y feront rien. Si je veux jouer, je dois nettoyer et ranger après.

Mises à part quelques petites contrariétés bien naturelles – je ne suis plus un enfant tout de même ! – tout se passe bien. Tous les gens qui m'entourent sont très sympas mais terriblement ennuyants dès la nuit venue. Ils ont en effet la fâcheuse habitude de rentrer directement chez eux. Ils troquent bien trop facilement leur blouse pour une panoplie de parents, vont s'occuper de leurs gosses et préparer la soupe.

Il ne me reste plus qu'à aller manger la mienne. Le temps d'enfourcher ma petite mobylette jaune et après 15 mn de trajet, je vais retrouver ma solitude que j'apprécie encore.

Après plusieurs tentatives infructueuses, on ne m'attend même plus pour manger. En parents ingrats, ils en sont déjà au plat principal. Il faut dire que je rentre tard. À peine arrivé, je m'assois et ingurgite mon repas en 5 mn. Quand je range mon assiette dans le lave-vaisselle, ils mangent encore le plat principal. En fils ingrat et vengé, je quitte la table et monte directement dans ma chambre retrouver ma solitude que j'apprécie toujours.

Pourquoi aurais-je peur de la solitude ? Avec elle, j'attends l'amour inéluctable que je me suis promis. Je n'ai qu'une quinzaine ou seizaine d'années. J'ai encore, selon mes calculs, entre 4 ou 5 ans à attendre telle une princesse rêveuse en haut de sa tour. Alors, en attendant, je m'occupe avant l'heure du coucher. L'hiver, j'aime me mettre au lit tôt avec un livre. L'été sur la terrasse, car il est impossible de s'endormir avant 23 h avec les chaleurs du sud. Je me suis découvert une passion pour le dessin. Avec mes premières payes, j'ai d'ailleurs acheté à prix d'or six livres sur la peinture et ses techniques à un type qui faisait du porte à porte. (Petite précision : celui qui achète est naïf, le nigaud c'est celui qui vend). Je ne sais pas dessiner à main levée, je connais peu de choses aux différentes techniques, mais je me débrouille très bien en plagiat. Je fais de bonnes copies de couverture de BD ou de portrait que je trouve dans cette « fameuse » encyclopédie en six volumes.

Je ne crois pas, à cette période de ma vie, m'être jamais ennuyé. D'abord, je travaille beaucoup, près de soixante heures par semaine, ensuite je dors beaucoup. Ce n'est pas encore la dépression qui me retient au lit, mais j'aime y flemmarder. Ce n'est que quelques voix familières dans la maison ou dans le jardin qui arrivent à m'en sortir. De toute façon, ma mère a décrété que le dimanche était chômé pour elle aussi. Elle a décidé de ne plus faire à manger le midi. Entre ceux qui dorment et ceux qui se remettent doucement de leur trop courte nuit, le repas dominical ne ressemblait plus à rien. Et c'est tant mieux. Toutes ces conventions familiales me fatiguent. Et puis se lever pour aller manger, quand on pense que, dans certains pays, on ne peut même pas se coucher !

De mon temps libre, hormis le dessin, j'ai commencé à faire un livre de jeux sur le modèle de ceux que l'on peut trouver en magasin. Il y a tout : le mot mystérieux, le lettramot, des questionnaires de culture générale qui, une fois terminés, vous donneront la réponse à l'ultime question subsidiaire. Il y a même le mot fléché géant. Tout cela me prend du temps et c'est très bien.

Quand mon chef au boulot m'en laisse le temps, je vais à la salle de judo. J'y retrouve bien trop rarement des copains que je ne croise que là-bas. Je m'y défoule avec le plus grand plaisir et rentre épuisé retrouver mes parents toujours attablés devant le plat principal – C'est fou, mais ces gens-là ne pensent qu'à manger ! –

Si j'ai donc le sentiment de ne pas avoir eu d'adolescence, c'est tout simplement parce que je travaille et gagne ma vie comme un adulte. Les gens qui m'entourent sont tous des adultes, et je suis moi-même devenu trop tôt un adulte. J'ai grandi si vite que j'ai fini par dépasser mes cheveux.

CHAPITRE 4

J'ai 16 ans, j'm'appelle François et je suis le roi du monde.

Avec ma première paye, j'ai acheté mes parents, mais surtout, maintenant, je passe l'aspirateur... à mon frère. Pour 50 francs par mois de moi, mon aîné – par l'âge et par certaines capacités somme toute dérisoires qui l'obligent à faire de longues études – me fait le ménage dans ma chambre. Dans ma chambre et tout particulièrement sur ces foutues étagères en verre qui attirent l'œil et la poussière, mais surtout la poussière et l'œil de ma mère qui l'apprécie tout autant que les bonnes sœurs.

Dans toute la maison, mater matait, dies irae dies illa, les moutons de toutes sortes. Et pas question de trouver refuge sous le pauvre petit crucifix qui ornait – on ne sait pourquoi ! – le mur de ma chambre. L'impitoyable furie déplaçait, soulevait tous les meubles soupçonnés de cacher la moindre poussière en fuite, et même la monnaie du pape, seul don de dieu reconnu et apprécié par la maîtresse de maison en personne, avait droit à l'inspection minutieuse. Les ordres étaient donnés, il fallait nettoyer sa chambre. Mais n'allez pas croire que ma mère était une marâtre, elle tenait à avoir une maison impeccable et on la respectait, c'est tout. Enfant, on a toujours l'impression que l'on nous en demande beaucoup, alors que l'on nous apprend juste la vie.

J'ai 16 ans, j'm'appelle François et je suis le roi du monde.

Avec ma première paye, je gagne un peu d'indépendance. Je n'ai pas de gros besoins, mais c'est toutefois bien agréable. Avec les petites économies réalisées grâce aux petits besoins, je commence à investir en bourse. J'ai adopté la méthode du parfait amateur pour choisir mes actions. Comme internet n'existe pas, je n'ai d'autre solution que de retrouver çà et là les pages « économie » de la Dépêche locales parues les mois précédents (heureusement, à la campagne, on garde tout !). Je compare alors la variation des cours des titres cotés au CAC40. Je recherche les actions qui ont depuis chuté de façon significative. Une fois mon choix fait, je prends ma petite mobylette jaune et je vais à la banque pour passer mes ordres d'achats. J'attends que le cours remonte, reprends ma petite mobylette jaune et retourne à la banque passer mes ordres de ventes. Croyez-le ou non, ça fonctionne très bien. Je n'ai jamais, à cette époque, fait d'erreur. Rentabilité moyenne de 20 % net sur des périodes de 3 à 6 mois.

J'ai 16 ans, j' m'appelle François et je suis le roi du monde.

Avec ma première paye, j'ai donc acheté mes parents. Vous comprendrez bien sûr que c'est faux. Ces gens-là ont des valeurs morales totalement décalées avec la décence financière. Ma mère a parfois des discours hallucinants ; elle déclare à qui veut l'entendre que tout travail mérite salaire. Ça se voit que cette pauvre femme n'a pas d'actions au MEDEF, et qu'elle ne possède pas plus d'entreprises en Chine que de ronds de côté.

Leurs valeurs ayant déteint sur nous, je leur ai donc donné, tout naturellement, une partie de mes salaires, et ce dès le début. Ces gens-là ayant une morale arrangeante, ils acceptèrent et devinrent donc ma cuisinière et mon jardinier personnel. Tout salaire mérite travail !

J'ai 16 ans, j'm'appelle François et je suis le roi du monde.

Rapidement, j'ai vu doucement apparaître dans l'œil du jardinier de la fierté. Et ça c'est cool ! Ça ne dit rien, mais ça n'en pense pas moins. Car ce que l'on peut en dire, c'est qu'il n'est pas un grand bavard le type. Alors quand on a des yeux qui parlent, c'est bien pratique. N'empêche que cette fierté j'en suis fier. Surtout qu'elle n'a jamais quitté son œil depuis, et qu'en plus je l'ai eue à l'œil.

Cette fierté donc, ne l'a jamais quitté, sauf une fois, dû à un écart de conduite de ma voiture, un jour de pluie bien arrosé. Je braquai, elle se braqua. Refus de l'autorité caractérisé. La rupture fut inévitable. D'abord, le pare-chocs – inefficace – le bas de l'aile et la direction en tête, suivis sans délai du fémur qui se brisa comme un morceau de bois sur ce platane.

En fait d'écart, je suis parti tout droit à l'hôpital 3 jours avant mes 20 ans. Mes parents étaient encore en vacances – c'est fou mais ces gens-là ne pensent qu'à s'amuser ! – Ils sont donc revenus en catastrophe pour fêter mon anniversaire.

Et pendant que je soufflais mes bougies, mon père, très compatissant, me soufflait dans les bronches.

J'ai 20 ans, j' m'appelle François et je suis le roi du monde… moins mon père.

CHAPITRE 5

J'ai commis une erreur et il m'a fallu plus de 30 ans pour le comprendre, quelle misère !

En même temps, il faut dire qu'elle était bien cachée, en plein milieu du bonheur, de leur bonheur, de mon bonheur de gosse insouciant. Et le bonheur de mon enfance était lui-même à mes yeux invisible puisqu'il était la normalité, celle que je croyais indissociable de toute enfance, itinérante à une majorité et indispensable à toute construction heureuse.

Je n'étais, bien évidemment, pas totalement ignorant du monde qui m'entourait. Mais, dans ma jeunesse sans télé et en des temps si anciens, m'accorderez-vous votre indulgence sur tant de naïveté ?

N'empêche, que de visu, on ne voyait rien. Un bonheur qui ne disait pas son nom. Ce petit bonheur aux traits tirés par les problèmes financiers, les soucis quotidiens, qui pourtant ne laissait rien paraître et ne pouvait présager une vocation puérile. Je peux enfin répondre aujourd'hui à cette foutue question professorale : tu veux faire quoi plus tard ? Faire une erreur ! Oh mais pas celle d'avoir cru au bonheur, j'ai seulement commis l'erreur de croire que j'avais droit au même, à une longue vie en duo sur les routes de France.

Pendant que l'on jouait aux gendarmes et aux voleurs, moi mes parents, j'en suis sûr maintenant, ils braquaient des banques. Ou alors ils fabriquaient de la fausse monnaie. Mais ça, par contre, je ne le crois pas, car pour faire des faux billets il faut une cave, et nous, nous n'en n'avions pas. Donc ils braquaient des banques. Je ne vois que cette solution pour que mon père, simple employé qualifié dans une usine, et ma mère, femme au foyer, puissent nous emmener en vacances quasiment deux fois par an, l'hiver à la neige et l'été à la mer, dans de la proche lointaine famille ou chez de lointains amis proches. Nous nous entassions alors tous dans la Renault 16. La malle remplie à ras bord du strict nécessaire à tout et rangée avec minutie par notre père. La banquette arrière disparaissait sous les huit fesses de mes deux sœurs, de mon frère et des miennes. Il nous restait comme solution pour nos genoux que de les planter dans le dossier des sièges avant, ou pour être plus précis, dans le dos de nos parents qui réclamaient, pour faire court, un peu plus de discipline. L'été, les sièges en cuir avoisinaient les 70°C, et l'air conditionné, que l'on activait à cette époque en ouvrant simplement les fenêtres, n'avait pour seul effet que de faire râler celui qui avait trop d'air.

Ces longs périples de plusieurs heures étaient chaotiques et nous étions si contents de descendre de la voiture que l'on aurait pu nous poser n'importe où.

Mon père, certainement pour semer la police, n'empruntait jamais les autoroutes qu'il trouvait monotones et chères, mais particulièrement… monotones. Nous traversions la France en étudiant les départements que je connais d'ailleurs toujours par cœur. Nous arrivions alors à la montagne pour un court séjour au ski. Nous allions en maison familiale ou plus tard dans un joli appartement à la Plagne, dans les Alpes, qui nous était prêté par une amie de mes parents.

Hormis l'attaque de banque, mes parents avaient mis au point un système très ingénieux, mais contraignant, pour se payer ces vacances : ils comptaient tout. Avec eux, j'ai appris la table des multiplications qui commence par le zéro en ce qui concerne, par exemple, les sorties au restaurant ou l'achat de vêtements de marque. Quand j'ai eu bien assimilé que 0 X 0 = 0, je suis passé à la table des quelquefois, comme pour les sorties au cinéma qui se comptaient sur les doigts d'une main de menuisier. Le livre de la jungle fut ma première et plus belle expérience cinématographique. Après, je ne sais pas comment je me suis débrouillé pour tomber souvent sur des navets, ce qui n'a pas favorisé mon engouement pour le 7ème art où je mets les pieds en moyenne une fois tous les deux ans.

Au ski, on était comme à la maison... sans extra et sans télé. On se payait des vacances de riches avec les moyens de braqueurs ratés. Ma mère cuisinait tout. Allez ! Corvée d'épluchage, on trie la salade et on surveille les pâtes en collégiale familiale. Après le dîner, c'était partie de cartes ou dans son lit, au chaud, avec un livre. Moi j'étais heureux. Tant que l'on n'a pas goûté au coca, le goût ne vous manque pas.

Le matin, mon père partait skier avec deux de ses chers enfants. On mettait sous de vieux jeans des collants recyclés par mes parents. On enfilait les chaussures achetées d'occase que l'on se refilait à tour de rôle et que nous ajustions à notre taille à l'aide de paires de chaussettes supplémentaires. Deux le matin, deux l'après-midi... Nous partagions aussi les forfaits. Ma mère, elle, ne skiait pas. J'ai réalisé, il n'y a pas très longtemps, qu'elle aurait bien aimé aussi skier, mais les finances des deux braqueurs malchanceux les obligeaient à faire des choix. Alors, elle a sacrifié ce plaisir sur l'autel du dévouement : le plaisir de faire plaisir. Nous, nous ne cherchions pas à comprendre ou à savoir, comme quand mon père décrétait qu'il préférait les ailes du poulet, en voyant celui-ci « déplumé » des beaux morceaux par ces progénitures.

Quel bonheur de pouvoir ressentir un jour ce sentiment qui ne nous enlève rien et donne tout. Si discret que même bénéficiaire on ne s'en rend pas compte. On ne l'appréciera que quand, à notre tour, on en éprouvera. Curieuse sensation, ce n'est pas un sacrifice, certainement pas une privation, pas de l'abnégation, c'est juste du dévouement.

Alors ma mère restait à la station et nous la retrouvions le soir en bas des pistes, tremblante sous l'effet du froid et à la vue des barquettes qui descendaient ceux qui avaient fini de skier pour la semaine.

L'été, on allait au bord de la mer, avec mon frère, mon père, ma mère, mes sœurs. On regardait les autres gens comme ils dépensaient leur argent. Nous, il fallait faire attention quand on avait payé le prix d'une location, il ne nous restait pas grand-chose. Alors le plus souvent, on allait chez l'habitant, de la famille ou chez des amis.

On passait dans le Vaucluse, des vacances généreuses, exubérantes, avec des grosses voix et des pluies de melons. Des vacances chaleureuses et pleines de soleil, des vacances simples. Entre les parties de cartes à l'enjeu ludique et les parties de boules à l'enjeu vital pour notre incorrigible oncle râleur et son « fameux » coup de pied, plus au moins discret, pour gagner le cochonnet, entre le jardin et le ciel bleu, on se réunissait autour de notre tante pour déguster sa paella. Et les premiers berlingots fondaient déjà de plaisir, tandis que les berlingots suivants ne devaient leur survie momentanée qu'à la sagesse de nos parents.

En Alsace, la vie et les tartes flambaient, l'amitié sous les balcons d'Obernai fleurissait. On suivait la route de l'apéro, de la Meinau à Cronenbourg, en long, en large, et de travers. La petite France, la grande vie de bohème et dans un lac aux eaux quelque peu troubles, mes premières brasses de nageur « prometteur ».

Et entraîné par l'enthousiasme de mes parents, je suis tombé amoureux à 10 ans d'un Paris gris, froid, gelé, du métro et de son parfum. En cet hiver 82, un voyage au pays de ma mère, un retour à la genèse familiale où tout a commencé entre elle et mon père, la petite parisienne triste et le provincial discret.

Et de Beaubourg au Louvre, de la tour Eiffel à Montmartre, du zoo de Vincennes aux gargouilles de Notre-Dame, ce fut une épopée où chaque heure était optimisée. Ma mère a cette manie de pousser les portes cochères dès qu'elle le peut pour voir les cours intérieures. C'est pour elle la seule façon de bien découvrir une ville et de l'apprécier. J'ai évidemment gardé cette habitude aujourd'hui quand je sillonne les rues d'une ville et encore plus dans celle de Paris.

Et puis, il fallait faire le chemin inverse les vacances terminées. Fuir à nouveau la police sur les routes de la Lozère. La bande des six, toute la cellule familiale enfermée dans la R16 aux sièges en cuir toujours bouillants ou gelés selon la saison. Car, bizarrement, cette option cuir – ou plutôt skaï pour être honnête ! – ce « luxe » se multipliait à cette époque bien avant que l'air conditionné se diffuse à son tour en série, et bien trop tard pour certaines petites fesses amies.

On retraversait alors la France. Nous visitions les villages en léchant les glaces de la vitrine du glacier. La famille française en vadrouille, sandwiches en bord de route et les premiers :

- « bande d'abrutis ! »

Tout cela se faisait pour moi dans un bonheur certain, évident, simple et surtout légitime. Et de toutes ces pensées heureuses en paysages bucoliques, j'ai gardé pour la France un amour inconditionnel, un total chauvinisme.

Et si mes parents – ces « pauvres » gens modestes aux revenus équivalents – n'avaient pas souvent l'occasion de nous gâter, je ne garde pas en moi les privations, mais les rares bonheurs épisodiques d'une glace surprise ou d'un arrêt à la terrasse d'un café, autour d'un diabolo, après la sortie biennale au cinéma.

Tout ça m'a amené à faire cette erreur monumentale de croire qu'il n'y avait qu'une façon d'être heureux, que leur bonheur serait le mien, identique. Il n'y avait qu'une solution pour être heureux : la vie à deux. Moi, c'était mon but. Je ne voulais pas être docteur ou avocat comme papa, femme au foyer ou PDG comme maman, mais comme eux, être deux. Le petit couple sans histoires qui s'autorise juste quelques braquages pour nourrir les gosses. Rien de bien méchant, comme ambition on fait plus féroce. Et quand j'ai décidé d'être alpiniste, vers 15 ans donc, je ne rêvais pas d'Annapurna mais simplement de grimper en haut du clocher de Vierzon, d'Hambourg ou d'ailleurs. Faire à deux le tour de France dans une R16, me cramer encore une fois le cul sur ses sièges. Faire n'importe quoi, qu'importe, mais à deux. Alors seul, j'ai oublié de vivre, tout simplement. Je n'avais pas envisagé l'option célibat, alors je suis resté comme un con : statique, stoïque, stupide. Car rien n'avait d'importance sans lui, pas de beaux paysages ou de vacances exaltantes. Des vacances que j'ai aussi parfois redoutées. Des vacances qui ont vu souvent fleurir mes plus belles angoisses.

Donc, j'ai fait une erreur, et il m'a fallu plus de 30 ans pour le comprendre, quelle chance ! Quelle chance de l'avoir compris. Il est vrai que j'ai perdu un peu de temps, mais les vraies erreurs sont celles que l'on ne corrige pas.

D'un rien naît une évidence dans un cri de stupeur, un eurêka, ou généralement un gros mot plus représentatif du sentiment que l'on éprouve à son encontre de n'avoir su voir cette évidence. C'était une idée toute simple : et si une autre vie était possible ? Si le bonheur avait un autre visage, des formes multiples ? Alors bien sûr que je suis toujours conscient que mon bonheur ne peut résulter que de la complicité d'un autre contre moi. Qui peut se passer d'amour, de ce sentiment apaisant et rassurant ? Et ne soyons pas dupe des « je préfère être seul que mal accompagné ! », moi je préfère être bien accompagné. Mais ne pourrais-je pas vivre un peu en attendant ? Occuper le vide ? Profiter de mes amis comme je sais si bien le faire, et eux me le rendre au centuple.

Réaliser, et presque accepter, que le schéma parental, bien qu'idéal dans l'absolu, n'était plus l'exclusive obsession mais une éventuelle possibilité dans le meilleur des cas, je reconsidérais alors ma vie au bord de l'asphyxie, lui ouvrant une porte sous un angle nouveau. Ce ne fut pas une révolution mais juste un pas vers un nouvel horizon totalement inexistant quelques jours plus tôt. Ce n'était plus l'Annapurna mais le Montmartre, objectif raisonnable et finalement si joli.

Car c'est, je crois, la compréhension de cette erreur qui m'a permis de virer progressivement la dépression. La sérénité habite aujourd'hui le logement laissé vacant par cette salope. Elle a repeint l'appartement aux murs tristes avec des couleurs zen, agrandissant mon espace, fenêtres ouvertes, air vivifiant pour pas un rond de plus. Bonheur renouvelable par complice reconduction.

CHAPITRE 6

Je n'ai jamais aimé le mot homosexuel. Je le trouve un tantinet présomptueux. Au masculin, il dandine légèrement de la syllabe pour finir trop long, prétentieux. Il fait partie de ces mots qui portent bien leur nom, comme gros ou poussif, présentant un visuel par l'intonation.

Ma mère n'emploie que lui. Il est bien évidemment inimaginable qu'elle utilise le fameux terme à deux lettres, l'insulte dédaigneuse, elle déteste la vulgarité. Quant à son diminutif « homo », elle ne l'a jamais intégré. Peut-être assume-t-elle par ce mot sa pleine acceptation, sa totale « décomplexion » sur le sujet.

Si heureuse avec déjà quatre petits-enfants dans ses bras de mamie, c'est bien assez pour elle nous assure-t-elle. Son pincement au cœur, le jour où on lui a annoncé ce qu'au fond elle savait déjà, fut pour nous. Nous ? Mon frère et moi, car lui aussi en délicatesse avec les églises du monde. Elle regrettait juste que nous ne puissions connaître un jour une telle joie, celle d'avoir des enfants. Il faut dire qu'elle est gâtée, je ne sais combien elle a de fils. Si elle aime nos amis – et elle les aime tous ! – Elle les décrète ses fils, demandant régulièrement de leurs nouvelles.

Quant à mes sœurs, elles préfèrent finalement voir passer des garçons, et mon père est tout heureux, sans regret de ne pas voir de jolies filles passer sous son nez.

Mais savez-vous quand même quelle horreur est sortie de la bouche de mon père qui n'a jamais dit du mal de quiconque, même si ce quiconque est un con et que c'est avéré.

- « Je préfère avoir un fils en prison qu'homosexuel ! »

C'était il y a très longtemps, mais il y en a d'autres, des pensées qui marquent !

En fait, il avait dû voir la veille, au JT, un reportage « très objectif » sur le « meilleur » de la Gay Pride... Ou alors, il était bourré ! Bien que je ne pense pas qu'il ait bu assez dans toute sa vie pour être saoul ce jour-là.

Aujourd'hui, il ne connaît même plus la différence entre homo et hétéro. Un retournement de veste spectaculaire qui eut lieu le jour de la grande révélation. C'était pendant ce fameux internement volontaire, ce passage si bénéfique dans cette villa bienveillante, à mes vingt-deux ans donc.

Qu'un homo puisse être un de ses fils – et en l'occurrence les deux en ce qui le concerne – il ne l'avait visiblement pas envisagé. Mais qu'un homo puisse être autre chose que ces garçons choquants, sans pudeur, extrêmes, qu'il avait vus quelques années plus tôt sur un char dans le JT, ça non plus il ne l'avait pas imaginé.

Il avait quand même, entre-temps, bien évolué sur le sujet, et je pus le constater un soir où, alors que je me préparais à partir dormir chez une copine, ma mère me questionnait beaucoup. Mon père lui dit soudain :

- « Mais lâche-le, c'est peut-être son frère à elle qu'il va voir. » Ça l'avait beaucoup amusé.

Je ne sais pas comment ils ont su pour mon frère, mais je suppose que mon père, si loquace, prononça sa tirade légendaire : « ah bon… et ben… ! »

Et quand il fallut passer de la boutade au sérieux, il vit bien que nous étions toujours les garçons mus par la droiture d'esprit, sains et gentils, normaux : notre homosexualité le devint aussi.

De toute façon, il n'y a pas une once de méchanceté dans le cœur de mon père. Il évite les cons – qui ne font naturellement pas partie de son entourage – ne juge pas et se rapporte à des valeurs qui font les gens bien.

Je n'avais plus qu'à vivre ma vie, libre. Et je l'ai plutôt bien vécue cette sexualité, d'abord parce que je ne pense pas qu'il y ait moins de tolérance en province si on s'affirme droit. Si on fuit parfois vers de grandes villes, c'est finalement pour l'indifférence qui les caractérise et nous arrange. Moi, je n'ai jamais vu sur le visage de ceux qui m'avaient toujours connu un sourcillement. A croire qu'il y a chez les campagnards un classement des valeurs où les attirances personnelles ne sont pas prioritaires.

Et puis surtout, grâce à la bienveillance de ceux qui n'ont jamais cessé de m'aimer, j'ai vécu cette « différence » normalement, car je la considère comme un simple état. Tu es grand, tu es intelligente, je suis homo. Qui peut se prétendre mieux que moi : toi, elle, lui ? On ne se compare pas, on ne se défie pas. Je suis, tu es – on est un con ! – et nous sommes le monde. Pourquoi se quereller sur l'amour ? Ça te heurte ? Je me cache et je vis heureux. Peut-être devrais-tu tout simplement me lâcher, me dédaigner en secret. Certains voudraient mettre de la haine dans de l'amour, et même si on s'aime mal, blasphématoire Gomorrhe, on s'aime.

Enfin les autres s'aiment ! Car moi je suis toujours tout seul. L'incroyable destin d'un héraut de l'amour n'ayant jamais fêté la saint-Valentin à 40 ans, l'alpiniste invincible au vertige légendaire, le flop.

Mais la rééducation consécutive à cette erreur de trente ans doit, dans un premier temps, me permettre de considérer ma solitude, que je déteste tant aujourd'hui, comme une amie. Mais seulement dans le sens où elle ne m'inflige pas ses envies, ses caprices. Elle me laisse avec le choix : me morfondre seul ou vivre seul. Vivre pour ne plus rester statique, stoïque, stupide. Qui est plus libertaire que la solitude ?

Le pire, c'est que nous n'aurons peut-être pas les mêmes rêves ! Et comme un con, je l'attends pour aller visiter le monde, la vie m'attend et moi j'attends... mais j'attends quoi ? Je fais quoi de cette liberté ? Ou plutôt, j'ai fait quoi de cette nouvelle liberté, permissive à souhait, depuis les 2-3 ans où je me suis rendu compte de mon erreur ? Au fond... pas grand-chose, les paysages bucoliques sont toujours aux couleurs de l'automne.

Mais le vrai bénéfice, si spectaculaire pour moi, fut de me libérer du poids de l'obsession. Le monde m'attend encore, mais la vie est remplie d'actions heureuses, de vacances enfin relaxantes. Tournée des amis en mini Tour de France : Bayonne, Toulouse, Albi, Saint-Antonin Noble-Val, Marseille. Un jour chez toi, trois jours chez vous, juste un après-midi... trop court. Guidé par un esprit positif, tout se fluide bien. Je passe, avec aisance et bienveillance, d'un canapé à l'autre. Je savoure et je profite comme au temps des jours heureux, au temps des amitiés poilantes, au temps des soirées chez qui pouvait recevoir, des apéros et de ces interminables parties de cartes où se disputaient ceux qui essayaient de suivre et ceux qui avaient décroché. Mais jamais de télé, seule la musique et nos rigolades, notre bonne humeur et notre jeunesse.

Marc, 2014

« Autour il y avait la guerre »
    de Marc Daragnès

Donc François vient d'écrire un livre, c'est son livre, son histoire. C'était peut-être devenu un besoin. Besoin de se libérer et sûrement plus pour aider à faire comprendre que l'on ne choisit pas son destin.

Les jours heureux sont enfin revenus après bien des vicissitudes et de nombreux tourments, mais je ne peux m'empêcher de me sentir un peu responsable par quelques paroles malveillantes et dites par un non initié, dans un grand moment d'égarement sans doute. Je les avais oubliées, cependant, lui s'en est rappelé, et je comprends mieux à présent son mutisme et sa volonté pour s'en sortir tout seul. Mais que de souffrances inutiles, puisque là était sa nature. Comme lui, je l'ai compris peu à peu. Il est resté mon fils à part entière.

Pour moi, sa maman, ce fut une grande surprise. Et pourtant, quand il est parti au service militaire et que, comme toutes les mamans, j'ai fait le ménage dans sa chambre, j'ai trouvé un sac avec des magazines homos. Je n'ai pas réalisé ou pas voulu voir la vérité. Quelques mois après, François nous annonçait sa préférence pour les hommes. Il est passé par des périodes très dures. J'ai beaucoup pleuré, non pas parce qu'il était homosexuel, mais surtout d'apprendre qu'il se sentait différent des autres et cela depuis longtemps. J'accepte sa vie, ses relations et ses amours, parce que je l'aime et je n'ai que des joies avec lui.

En complète harmonie avec notre fils, nous avons écrit cette mise au point. Elle nous a paru nécessaire et servira de transition à ces quelques lignes que François a désiré que son papa ajoute à son récit.

En effet, François savait que son père avait rassemblé ses souvenirs dans un livre destiné plus tard à ses enfants. Il commence ainsi : Je n'ai jamais entendu papa ou maman me parler une seule fois de leurs grands-mères, de leurs grands-pères... Je ne sais même pas s'ils les ont connus. Aussi, sur ce sujet et bien d'autres, combien de fois ai-je regretté de ne pas les avoir interrogés, et les questions que je voudrais leur poser à présent resteront à jamais sans réponses. Avec l'âge, la nostalgie s'installe, et les souvenirs se voudraient encore plus présents, l'envie de savoir aussi. Mes enfants et petits-enfants n'échapperont pas à la règle, et plus tard, auront-ils tout comme moi envie de savoir ce qu'ils auraient pu demander aujourd'hui. Bien évidemment, ce sont des souvenirs de famille, et tout ne peut être raconté ici. Cependant...

A la déclaration de la guerre, en septembre trente-neuf, j'allais avoir sept ans. Jusque-là, comme tous les enfants de mon âge, je vivais dans le giron de l'insouciance. Avec mes parents, mes deux sœurs et un frère nés après moi, nous étions heureux dans ce petit village de Malemort-du-comtat près de Carpentras. Papa et maman y avaient leurs frères, leurs sœurs, et moi j'avais des cousins et cousines pour m'amuser.

Papa fut mobilisé et dut partir pour travailler à quatre cents kilomètres de chez nous. C'était une grande usine métallurgique près d'Albi qui, entre autres activités, fabriquait aussi des obus. Evidemment, il fallait remplacer le personnel parti défendre la patrie. En effet, le temps d'une guerre, les usines se retrouvaient amputées d'une grande partie de leur main-d'œuvre masculine.

Pour pallier le manque, elles faisaient appel aux bureaux de recrutement des armées qui possédaient une liste de soldats, soit trop vieux ou handicapés pour aller au front, soit ayant plusieurs enfants à charge. Pour l'administration, c'étaient des « embusqués », car ils étaient recrutés pour occuper un poste à l'abri, loin du danger. Pour ceux qui les accueillaient, c'étaient des « planqués » forcément mal vus par la population locale qui voyait en eux des intrus venus prendre la place d'un des leurs parti défendre la patrie.

Je ne sais pas s'il y eut beaucoup de ces soldats venus en renfort au Saut du Tarn, mais mon père fut l'un d'eux. Il prit donc, dès le début des hostilités, ses fonctions à l'usine. Comme il était charpentier de métier, il fut affecté au service bois. Il resta quelque temps seul à Saint-Juéry, dans une pension « chez Bardy ». Nous le rejoignîmes deux mois et demi plus tard, après avoir tout abandonné dans le Vaucluse. Pensant peut-être y revenir un jour, papa et maman avaient soldé le loyer et laissé la famille se partager les meubles et la vaisselle. Que pouvions-nous faire d'autre ?

C'est donc chargés seulement de quelques valises de vêtements que nous arrivâmes dans le Tarn. Je ne me rappelle pas si papa était venu nous chercher, ni comment nous avions fait les dix kilomètres qui séparent la gare d'Albi du petit village des Avalats. Mais en plein mois de novembre, arriver de nuit dans notre nouvelle maison nous avait paru bien pénible. Je me souviens que, fatigué, je m'étais endormi sur un banc que complétait un mobilier sommaire prêté par le propriétaire.

Tout heureux de nous retrouver en famille, nous nous installâmes dans ce qui avait dû être un logement, mais inhabité depuis le Moyen Âge! Nous y passâmes tout l'hiver. Puis, au mois de mars, papa fit venir son frère et sa famille qui avaient dû fuir les zones de combat dans les Ardennes. Avec eux, nous emménageâmes dans une grande maison bien moderne à côté de ce que nous laissions. Nous vivions tout de même séparés, mais, de nouveau, j'avais des cousins et des cousines pour m'amuser.

Qu'il devait faire bon vivre dans ce vieux et joli village de maraîchers bordé par le Tarn. Il avait sa porte d'entrée, son château, sa tour ronde médiévale et ses vieilles maisons à colombages garnis de terre et de paille.

Je garde le souvenir de la lessive que l'on transportait à la rivière pour y être lavée. Les femmes avaient une grande planche fixée sur un caisson de bois où elles s'agenouillaient pour laver et rincer le linge. Ce matériel était ensuite éloigné du bord de l'eau, mais restait là. Jusqu'au jour où, une crue plus forte que les autres emporta tout.

Jour après jour, nous nous habituions à notre nouvelle vie. Mais, c'était la guerre ! Et très vite, nous eûmes faim, très faim. Il faut comprendre, voyant arriver la guerre, la plupart des gens avaient fait des provisions et continuaient d'en faire. Mais pour nous, les magasins étaient vides. Ce statut de « vous n'êtes pas du pays, on ne vous connaît pas » nous poursuivit tout le temps de la guerre et c'était pour tout pareil. Sinon comment expliquer, alors que tout le monde roulait à vélo, que papa ne pouvait pas avoir de pneus pour équiper le sien. Alors il marchait, mais de ce fait, il souffrait aussi cruellement du manque de bonnes chaussures. Nous vîmes arriver, avec joie pour nous, les premières cartes d'alimentation, mais c'était encore très insuffisant.

Bien vite, papa chercha une maison à la campagne. Il trouva une ancienne ferme assez délabrée, mais, très important pour nous, munie d'une grande table, de deux bancs et d'une cuisinière à bois. Il y avait aussi, comme dans toutes les maisons de campagne, une cheminée.

Nous nous y installâmes au mois d'avril quarante un. J'avais tout de suite aimé ce lieu. Nous y étions arrivés par une belle journée ensoleillée. Il faisait bon, le pré était paré de fleurs. La maison avec ses multiples dépendances laissait entrevoir la possibilité de nombreux jeux. Au dehors, l'espace s'étendait jusqu'aux forêts et hameaux environnants. Un puits situé au bout d'une allée bordée de buis m'avait paru bien sympathique. Les grenouilles coassaient dans leurs mares, les oiseaux chantaient, les grillons aussi. Tout semblait renaître, c'était le printemps.

Est-ce que papa et maman étaient aussi ravis que moi ? Certainement pas. Dans cette vieille bâtisse, il n'y avait aucune commodité, pas de w-c, pas de tout-à-l'égout, pas d'eau courante. Nous buvions l'eau du puits. Une souillarde avec son évier taillé dans la pierre servait à la fois de cuisine et de salle de bain. Papa œuvra beaucoup pour améliorer tout cela. Je l'aidais, je n'étais jamais loin de lui quand il était là. J'adorais parcourir la campagne avec lui. Il le savait et m'emmenait chaque fois qu'il le pouvait, et les occasions ne manquaient pas.

Notre seul combustible était le bois mort que nous allions ramasser dans la forêt. Nous partions, il faisait un gros fagot pour lui, et un petit pour moi. Mais, comme le bois mort n'est pas une ressource inépuisable, il fallait aller de plus en plus loin. Quelquefois plusieurs kilomètres.

Nous avions un jardin, j'arrachais les mauvaises herbes, j'arrosais aussi. Il assurait une partie de nos besoins mais, bien évidemment, pas pour l'année entière.

Nous élevions quelques poules. Pour les nourrir, nous allions glaner le blé et le maïs après les récoltes. Hormis quelques exceptions, les paysans nous laissaient faire. Parfois, ils nous disaient de ne pas y revenir, car ils comptaient y emmener les cochons ou les oies. Nous avions plus de chances lorsque les champs étaient loin des propriétés. Pour les lapins, nous récoltions de l'herbe le long des chemins ou au bord des champs. Je ramassais sur les routes le crottin pour le jardin.

Pour maman, ce n'était pas facile non plus. Combien de fois l'ai-je entendue regretter sa belle cuisine abandonnée dans le Vaucluse.

Et puis il fallait manger, bien souvent elle n'avait pas grand-chose. Nous mangions des orties, des topinambours, des rutabagas. Mais, faute de matière grasse pour les préparer, nous n'aimions pas ça. Comment imaginer qu'en habitant à la campagne, on ne trouvait pas de pommes de terre ! Ben tout simplement les paysans les gardaient pour eux et leurs bêtes. Par contre, ils nous échangeaient volontiers un kilo de lard contre un kilo de sucre, c'était donnant-donnant. Les plus gentils avec nous n'étaient pas les plus riches. Je me base là aux nombres de têtes de bétail que possédait chacun d'eux. Cela allait de deux à douze vaches, plus une paire de bœufs et pour certains un cheval.

Merci à ce couple de petits vieux dont le mari avait été blessé à la guerre de 14. Ils ne possédaient que deux maigres vaches, mais chez eux, il y avait toujours quelque chose pour nous. Ce n'était souvent qu'un bout de pain avec du fromage, mais que c'était bon. Ils étaient devenus nos amis.

Papa passait souvent les voir pour leur donner un coup de main. Il m'arrivait aussi de les aider le jeudi. J'ai le souvenir aussi d'une dame, assez âgée, qui vivait seule. A tour de rôle, elle nous invitait parfois à manger, quand elle avait ses petits-enfants. Lorsque mon tour est arrivé, je fus surpris, car je ne me rappelais plus ce qu'était un vrai repas. Papa passait tout son temps libre à travailler pour les uns et les autres, afin de ramener quelque chose à manger à la maison.

Il est humain de penser que les paysans qui embauchaient papa lui confiaient le travail qu'ils n'aimaient pas faire. Il passait des dimanches entiers, la sulfateuse sur le dos, pour répandre deux cents litres de bouillie bordelaise sur la vigne. La chaleur, le poids et le fait de pomper constamment avec le bras gauche faisaient qu'il rentrait complètement exténué.

Dans ce village, malgré la guerre, j'y vécus pleinement mon enfance. J'étais heureux, je fouillais partout. Je ramenais des œufs en cherchant dans les haies, les buissons et toutes ces remises et greniers à foin plus ou moins abandonnés. J'aimais cette vie. Alors, je regardais, j'écoutais et très vite je compris leur patois qui n'était autre qu'un dérivé de la langue d'Oc.

Je regardais le forgeron ferrer les chevaux et les bœufs. Je le suivais avec attention le jour où il cercla de fer une roue de charrette. Il y avait, ce jour-là, du monde pour l'aider. Le bandage d'un diamètre, légèrement plus petit que la roue, était chauffé au rouge pour le dilater, il s'est ensuite facilement enfilé sur la roue, avant d'être rapidement refroidi à grand coups de seaux d'eau. Le bois n'ayant pas eu le temps de brûler, le bandage de fer enserrait fortement la roue. Cela valait un cours de physique à l'école.

Je regardais les paysans travailler. Au rythme des saisons, je suivais leurs travaux. Au mois de juin, c'était la fenaison, accompagnée de l'odeur si caractéristique des foins coupés. Puis venaient les moissons. La grosse moissonneuse-lieuse me fascinait. Les gerbes qu'elle laissait derrière elle étaient rassemblées en un immense gerbier qui n'attendait que la batteuse pour se transformer en meule de paille, qu'ils appelaient le pailler. Le battage, c'était un pour tous et tous pour un. L'immense batteuse allait d'une ferme à l'autre. Tout le monde suivait. Chacun avait sa tâche, et en quelques jours, tout le grain était récupéré.

Puis venaient les vendanges, et un peu plus tard dans l'hiver, l'alambic pour distiller les grappes et faire l'eau de vie. Avec joie, je vivais ces événements. L'hiver, à la sortie de l'école, nous glissions sur les mares gelées. Si les sabots n'étaient pas idéals pour marcher, ils étaient les rois de la glisse, surtout lorsqu'ils étaient ferrés. Puis, dès le printemps, venait la chasse aux papillons, aux grillons chanteurs et aussi la recherche des nids. C'était une joie de regarder éclore les œufs, voir grossir les oisillons... et toujours la déception de retrouver le nid vide un matin.

Avec les copains, nous capturions des têtards dans les nombreuses mares qui servaient d'abreuvoirs aux vaches.

Nous les tenions prisonniers pour suivre leur métamorphose obligée pour devenir des grenouilles. Celles-là même que nous attrapions de nouveau une fois leur croissance terminée, mais cette fois pour les manger.

Nous fabriquions des petites cages dans lesquelles les grillons continuaient de chanter. Et puis, nous avions tous notre lance-pierre. Ils étaient rudimentaires faute d'élastiques. Moi, je les découpais dans des vieilles chambres à air de vélo, aussi je n'ai jamais rien tué avec… et c'est tant mieux ! Il n'y avait rien de méchant, c'était juste des jeux, nos seuls jeux.

Les saisons, je les vivais aussi à l'école, sous forme de récitations, narrant les méfaits de l'hiver ou les bienfaits du printemps, évoquant les vendanges et les moissons. Je garde un souvenir ému pour cet instituteur qui nous faisait revivre tout cela lors des rédactions. Liberté, égalité, fraternité étaient les valeurs qui l'animaient et qu'il nous inculquait avec la leçon de morale qui débutait la journée de travail. Il se servait parfois de l'occitan pour nous apprendre à orthographier correctement le français. Nous le respections.

Avec lui, j'obtins à treize ans et demi mon certificat d'études primaires, mais j'étais déçu que mes études fussent terminées. Car bien sûr, il n'était pas envisageable pour moi de poursuivre ma scolarité. Albi était situé à 15 km, et nous n'avions aucun moyen de transport, ni l'argent pour payer une pension.

Le jeudi, nous n'avions pas classe. Je m'amusais beaucoup, mais travaillais aussi. J'étais conscient que papa ne pouvait pas tout faire. Alors je motivais souvent mes sœurs et mon frère pour rapporter du bois que nous débitions en petits morceaux pour la cuisinière. Je les entraînais aussi à la récolte d'herbe pour les lapins.

Tous les paysans faisaient leur vin et avaient tous au moins une vigne. Ils nous embauchaient avec mes sœurs et mon frère pour ramasser les sarments après la taille. C'était l'occasion pour nous de faire un bon repas.

Le boulanger ne venait qu'une fois par semaine et ne nous laissait que ce que permettaient nos cartes de rationnement. Bien évidemment, cela n'était pas suffisant, et malgré les prouesses de maman, il m'arrivait souvent d'aller de ferme en ferme quémander un bout de pain. Je le payais, mais bien souvent, le morceau étant petit, on m'en faisait cadeau.

Certains paysans nous fournissaient du lait. Nous allions le chercher le matin avant de partir pour l'école, et cela faisait loin parfois pour nos petites jambes. Mes sœurs et mon frère, à peine moins âgés que moi, y allaient aussi. Ce lait était primordial pour nous le matin, et aussi pour compléter quelques maigres repas. Mais, à certaines époques, notamment l'hiver, il nous était difficile d'en trouver. Aussi, je me souviens de cette journée particulièrement froide où tout était recouvert de neige. Parti le matin, j'allais d'une ferme à l'autre, mais à midi je n'avais toujours pas ramené la moindre goutte de lait. Je repartis donc l'après-midi, et ce ne fut qu'en fin de journée que mes efforts furent récompensés. J'étais rentré chez de braves gens qui, après m'avoir permis de me réchauffer, me donnèrent un bout de pain et du chocolat et me promirent un demi-litre de lait tous les matins. Merci à eux !

Je passais aussi beaucoup de temps à l'église. Le vieux curé y régnait en despote et avait pas mal d'astuces pour nous y retenir. Toutes les fêtes religieuses étaient l'occasion de préparatifs intenses et variés qui finalement me plaisaient. J'aurais voulu être enfant de chœur, mais n'étant pas fils de paysan, je n'y avais pas droit.

Le catéchisme avait lieu tous les jours à midi à la sortie de l'école. Le curé commençait par les plus petits. Pour les plus grands, cela se terminait parfois à treize heures. Pour ceux qui habitaient un peu loin, ils devaient courir pour aller manger chez eux et être de retour en classe à quatorze heures. Ensuite, on faisait la communion et on repartait pour deux ans obligatoires de catéchisme. Ce supplément avait lieu le dimanche après-midi, suivi des vêpres, obligatoires aussi. Un camarade, qui ne voulait pas se plier à cette règle mais assister tout de même à la messe, s'était vu, en plein office, jeté hors de l'église. Personne ne bronchait.

J'ai moi-même dérogé une seule fois. Il faisait un temps superbe, et je n'avais pas pu m'empêcher de suivre mon père qui partait à la cueillette aux champignons. Le dimanche suivant, le curé se jeta sur moi, me gifla et me mit à genoux au milieu du chœur pendant toute la durée de la messe. J'avais bien songé à m'enfuir, je n'avais plus rien à perdre, mais il était bien capable de ne plus accepter mes sœurs et mon frère, qui eux aussi s'apprêtaient à faire leur communion.

Il avait décrété que le baptême se faisait au plus tard le deuxième dimanche après la naissance. Passé ce délai, il ne baptisait plus. Malgré tout, je ne lui en voulais pas pour tout cela, je lui en voulais de me priver de ces dimanches avec mon père. J'aurais tant aimé être avec lui.

Le couple de petits vieux - nos amis - nous avait alloué une partie de leur bois. Il s'agissait pour mon père d'abattre à la hache une trentaine de chênes, les ébrancher, faire des fagots et descendre le tout au bord de la route. Le paysan se chargeait ensuite du transport et du partage. Une charrette pour lui, une charrette pour nous. Mais c'était un travail pénible, et le peu que j'aurais pu faire, l'aurait soulagé. Alors j'enrageais dans cette église, devenue une prison, le soleil était à l'extérieur.

Dès l'automne, je partais à la recherche des champignons, les cèpes et les girolles dans les bois, les mousserons et les agarics dans les prés. Malgré mon jeune âge, j'en ramenais parfois de pleins paniers. A cette période-là, nous ne souffrions pas trop de la faim. Je me souviens de repas composés uniquement de châtaignes que nous ramassions le long des routes.

Mais que tout cela était dur pour nos parents ! Papa ne rêvait peut-être pas de vélo, mais tout simplement de pneus pour équiper le sien... alors il marchait. Il se levait de très bonne heure pour travailler un peu chez les paysans, puis partait pour sa journée de travail à l'usine, de douze heures à vingt heures trente, et le soir, après avoir fait les courses - car il n'y avait pas d'épicerie dans le village - il refaisait les sept kilomètres à pied pour rentrer chez nous. Maman lui disait :

« Je n'ai plus de bois. »

Dans l'urgence, quelle que soit l'heure ou le temps, il repartait en chercher. Cette corvée de bois était si pénible en hiver que nous n'allumions que rarement la cheminée.

Pourtant, je me souviens, ce devait être un dimanche, car papa était là, il avait neigé et, lorsque nous nous levâmes, il avait réussi à rentrer une énorme souche, et un grand feu ronflait dans la cheminée. Ce fut pour nous un grand moment de bonheur.

Pendant ce temps, maman, à la maison, gérait la nourriture. Elle faisait les parts de chacun et elles étaient parfois bien petites. Je me souviens même d'un soir où nous nous étions mis à table, et maman le regard si triste nous avait dit :

- « Je n'ai rien à vous donner, même pas un bout de pain ! »

Nous étions partis nous coucher. Qui dort dîne !

J'ai le souvenir aussi du jour où, à la sortie de l'école, maman nous avait distribué notre goûter. Elle n'avait plus de chocolat. Voyant la tête dépitée de mes jeunes frères et sœurs devant leur bout de pain sec, je leur avais dit enthousiasmé :

- « Je vais voir dans le cerisier si je trouve quelques cerises ! »

J'avais oublié qu'elles étaient encore vertes.

Je pense que les paysans ne se rendaient pas compte de notre dénuement. Eux aussi souffraient cruellement du manque de produits de première nécessité, mais ils mangeaient à leur faim. Ils avaient du blé, donc du pain, de la viande et des légumes. Certaines femmes avaient leur mari prisonnier en Allemagne. Pour elles et leurs enfants, nous n'étions certes pas les plus malheureux. Malgré tout j'étais heureux, et je ne me souciais pas de cela.

J'allais avoir douze ans, j'étais vraiment petit et menu quand les vacances d'été arrivèrent. Dans un hameau voisin, un couple de paysans avait proposé à mes parents de me garder chez eux durant ces deux mois et demi pour m'occuper de la garde des vaches. M'avaient-ils pris en pitié ou avaient-ils véritablement besoin de quelqu'un ? Certainement un peu des deux, car le couple était seul et, à cette période-là, le travail ne manquait pas. Il n'y avait guère de temps à perdre à garder les vaches. Papa et maman étaient heureux que je puisse manger à ma faim, et moi j'allais enfin vivre comme un grand tout ce que je connaissais déjà. On se levait à la pointe du jour, on buvait un café, puis commençaient les soins relatifs au bétail. Enlever le fumier, refaire la litière, traire les vaches et faire téter les veaux étaient un travail quotidien. Puis il fallait donner à manger aux cochons, aux volailles. Je ne m'occupais pas de cela, moi je travaillais au jardin ou j'allais dans le champ d'à côté sarcler les betteraves et le maïs. Puis, un petit déjeuner très copieux nous préparait à la journée de travail. Je partais garder les vaches pendant qu'ils allaient aux champs.

Le paysan, juché sur la faucheuse, rasait le pré, pendant que sa femme conduisait l'attelage. L'après-midi, par ces mois de forte chaleur, on se reposait au moins deux heures. Nous passâmes plus d'une semaine à faucher, faner et rentrer le foin. A peine le temps de souffler que la moisson nous accaparait déjà. Puis, il y eut les battages. Papa étant en congé, le paysan l'embaucha pour suivre la batteuse à sa place, et par là, aider ceux qui avaient « dépiqué » chez lui.

Dès que la garde des vaches était terminée, j'aidais avec grand plaisir à tous ces travaux. J'étais heureux et, au moment de monter me coucher, je posais toujours la question :

- « Qu'allons-nous faire demain ? »

Lorsque nous mangions du jambon – souvent au petit déjeuner – je mettais le gras de côté, puis à l'insu des patrons, un peu honteux, je le glissais dans une petite boîte que j'apportais à maman en fin de semaine. Elle s'en servait pour cuisiner. Ces gens-là étaient gentils avec nous, et chaque fois que papa passait me voir, il rapportait un ou deux poulets à la maison. C'était leur monnaie la plus courante, avec le fromage blanc qu'ils obtenaient en faisant cailler le lait.

Dans cette ferme, mon lit était installé dans le grenier à blé. La nuit, les rats me réveillaient. Il y en avait partout, même sur mon lit. Mais, par insouciance ou par naïveté, je n'en avais pas peur. Le patron m'avait conseillé de prendre le chat dans la chambre, mais celui-ci, certainement frileux, se réfugiait sous les couvertures, et les rats étaient toujours là.

Dès la rentrée, c'est un autre couple qui me prit sous sa protection. Ils habitaient le village et avaient deux petits enfants. C'est donc en grand frère que je rentrais dans la famille. Que du bonheur pour moi ! D'autant plus que mes parents étaient tout proches. Cependant, je mangeais et logeais chez eux.

J'allais à l'école, au catéchisme, faisais mes devoirs, et je gardais les vaches lorsque j'étais libre. Le soir, je lavais les betteraves, les topinambours et les pommes de terre pour faire la « bouillie » pour les cochons. J'étrillais les vaches et préparais leurs litières pendant que se faisait la traite. J'aimais l'animation et la chaleur de l'étable. Rentrer et stocker la production de la journée, ou aider à préparer pour le travail du lendemain, faisait partie de mes occupations. Je ramenais du bois près de la cheminée. Je ne m'ennuyais jamais, j'aimais cette vie et participais à tout. J'adorais la cuisine campagnarde et les bonnes soupes cuites au feu de bois. Dans ces moments-là, je ne me souviens pas d'avoir eu une pensée pour ma famille, qui eux, peut-être, continuaient à avoir faim... mea culpa.

Ces gens-là me gardèrent jusqu'à la fin de ma scolarité. Puis, il leur sembla que je serais plus utile aux grands-parents maternels qui commençaient à prendre de l'âge. Eux aussi avaient besoin d'aide. En allant chez eux, mis à part qu'ils habitaient plus loin de ma famille, un kilomètre tout au plus, cela ne changeait rien pour moi. Je les connaissais bien, et ils étaient aussi très gentils.

Le travail ne manquait pas, mais le paysan me ménageait. Lorsque c'était possible, il me disait :

- « On va se reposer de faire ça, on va faire autre chose ! »

Chez eux, j'appris même à fixer le joug sur la tête des bœufs, et aussi à traire les vaches. Avec ce lait, mélangé à de la farine et des œufs, nous faisions souvent le soir d'énormes galettes dont je me régalais.

Papa venait souvent aider. Je le revois en train de butter les pommes de terre, couper du bois ou aider à rentrer le foin, et chaque fois j'étais un peu plus heureux.

J'ai profondément aimé tous ces gens. Bien longtemps après les avoir quittés, je revins souvent les voir, et pour certains, je les ai même accompagnés jusqu'à leur dernière demeure.

Car bien sûr une fois la guerre terminée, papa s'empressa de se rapprocher de son lieu de travail. Fini pour moi l'épopée paysanne, ma vie allait encore changer. Je fis mon apprentissage et obtins mon C.A.P. d'ajusteur dans la même usine où papa était arrivé en renfort en trente-neuf. Il y prit finalement sa retraite. Il n'en profita guère, il mourut à soixante-sept ans, et maman le suivit quelques années plus tard au même âge. Sans doute avaient-ils besoin de repos, ils avaient tant travaillé.

Voilà, à mon tour, j'ai voulu témoigner, raconter un temps fort de ma vie, montrer que même démuni de tout on peut être heureux. C'était la guerre, j'avais 10 ans et je vivais un « rêve ». J'ai beaucoup rêvé d'un vélo, d'un ballon, d'un morceau de pain souvent, mais je n'en demandais pas plus. Tout me paraissait tellement normal et je n'enviais personne. Je garde le souvenir d'une vie heureuse à la campagne.

Ce récit reste intimement lié à la guerre et à l'arrivée de mon père dans le Tarn. L'usine qui l'avait accueilli avait ouvert ses portes en 1824. Elle les a refermées en 1983.

Sur le site, et plus précisément sur ce qui était la centrale électrique, un groupe d'anciens ouvriers (dont j'ai fait partie) fait revivre l'usine. Des maquettes animées, des ateliers entiers et même la totalité des activités, disséminée le long du Tarn (qui était avant l'arrivée de l'électricité, le moteur de l'usine) semblent encore, dans ce musée, occuper des centaines d'ouvriers.

Pour mon papa, pour l'usine et le musée qui perpétue son histoire, et aussi pour qu'on n'oublie pas ce que c'est qu'une guerre, je leur rends hommage.

Sans oublier de remercier mon fils François pour m'avoir donné l'occasion d'écrire ces quelques lignes.

Il y avait un mur
Il y avait une fleur
Et le mur a aimé la fleur
Qui de toute sa beauté a inondé le mur
Qui peut dire et de l'un et de l'autre
Celui qui aime le plus

Madeleine

Madeleine, 1997

FRANÇOIS DARAGNÈS

- Recueil -

La poésie

La poésie est le refuge de la mélancolie,
La bienveillance des sentiments qu'elle anoblie,
Une harmonie des mots tressée avec souplesse,
Farandole de feu et d'un peu de tristesse.

La poésie est l'âme du poète qu'elle dévoile,
Légère et puissante comme le vent dans les voiles,
Si complexe, et pourtant, si claire et si limpide,
Laissant tout transparaître en ces mots impudiques.

La poésie est la complice de l'esseulé qu'elle console,
Trouvant du réconfort en ces quelques paroles,
Une amie singulière de cet être sensible,
Qui ne peut exister sans un moment paisible.

La poésie est une autre façon de vivre sa vie,
Entre la réalité cruelle et la possible utopie,
La réalité que je voudrais quelquefois oublier,
Et l'utopie qui me semble parfois si facile à toucher.

Surprise

L'amour se meurt là où se brisent les vagues à l'âme,
Sur le récif de l'indifférence de la jolie dame,
Et cette mer amère noie peu à peu les souvenirs
Au goût de fiel et à mesure que s'allongent les soupirs.

Tandis que l'amitié, parée d'orgueil et d'arrogance,
Parade fièrement autour des verres qui balancent,
Grossit, se multiplie au gré des foyers qu'elle allume,
Et ainsi partagée, n'en prend que plus de volume.

Et c'est là, que parfois, autour de tout ce tumulte,
Au milieu des passions éclectiques, et parfois des insultes,
Qu'à l'insu des regards malicieux, dans ce joyeux brouhaha,
L'amitié se métamorphose en un amour que l'on n'attendait pas.

On oublie les chagrins dans cet espace coloré,
Les cris se font lointains et les angoisses oubliées,
Le vent vous enveloppe apportant à vous son parfum,
Et la nuit vous attend loin de ce lieu commun.

A cet enfant

Il a grandi comme un rêve,
Une illusion du bonheur,
A mes côtés, dans une vie parallèle,
Bat un échantillon de mon cœur.

C'est au cours de longues balades
Que tu nais d'un instant,
Tu as six ans, dix ans, tu gambades,
Joyeux, Ô ma douleur, mon enfant.

Si mon imagination me soutient,
Je ferai de toi un homme,
Fier et heureux de me tenir la main,
Jusqu'au bout de mon somme.

La beauté de tes traits abstraits,
Image sans reflet,
Clairement je ne t'ai jamais imaginé,
Tu es douceur, tu es bonté.

Mais seul dans cette maison,
Mes pensées délaissées,
Je retrouve alors la raison
Et j'oublie tes cris inventés.

Et comment ne pas souffrir après,
De ne pouvoir dire je t'aime,
A cet enfant que je n'aurai jamais,
Né d'une espérance vaine.

Et comment ne pas pleurer parfois,
En voyant le sourire de mon bébé,
En pensant à ce tout petit bout de moi,
A cet enfant que je n'aurai jamais.

.

Au bout d'une vie

Je m'étais habitué à ce petit bonheur tranquille,
De notre vie sans histoire au coeur de cette ville,
Et du train-train quotidien on avait fait nos lendemains,
Loin du chaos d'une vie magnifiée et d'admirable destin.
L'impossible partir posé au fond de notre lit,
Finalement on était qu'un, fondu dans cette esprit.
De ta tendresse et de tes mots, posés sur notre couche,
Et de mes petits riens en t'embrassant la bouche,
On arrive au bout de toute une existence,
Loin de nos vingt ans et de cette impatience.
On était trop pressé, on ne le sera plus,
Le temps nous a marqués, implacable, il nous a eus.
Et se retrouver seul après toutes ces années,
On a beau savoir que cela peut arriver...
Le vide n'est pas qu'une place libre de trop,
Par sa souffrance immense il vous casse le dos.
On perd les habitudes que l'on croyait immuables,
Ces deux verres et ton couvert posés sur cette table.
J'en avais oublié, par accoutumance, tes petites manies,
A quel point elles me manquent tant aujourd'hui.
Et je suis là, assis sur les berges de notre vie,
Un peu en dérive, le long chemin presque fini,
Je regarde couler le temps dans l'eau qui passe,
Les cendres de notre adolescence nagent en surface.
Tout embué de souvenirs, je vais de petits pas en petits pas,
Pas une seule seconde, pas une minute sans penser à toi.
Auparavant je le craignais, voilà maintenant que je l'attends,
Dans un matin, presque serein, te rejoindre tout doucement.

D'amitié

Heureux, c'est certainement ce que vous ressentiriez,
Si seulement comme moi vous la connaissiez.
C'est ce que je me suis dit,
Quand sur mes genoux elle s'est assise.
Pourvu alors qu'elle pose sa tête sur mon épaule,
Que de ses bras elle m'enrôle
Car je pourrai, appuyée sur mon cœur,
La protéger comme une sœur,
Jusqu'à la sentir tranquillement endormie
Et regarder longtemps que tu es belle, Nathalie.

Heureux, c'est ce que je ne peux cesser de dire,
Quand seulement pour moi elle ose sourire.
Ses longs cheveux, parure d'un diamant,
En écrin sauvage d'une indocile enfant.
Convoitée, désirée, est-elle à quelqu'un ?
Indépendante et indomptable, est-t-elle pour quelqu'un ?
Si d'amitié elle m'a tout donné,
N'allez pas croire que j'en sois frustré.
D'amour entre nous, aucun dans notre esprit,
Sans regret je te le dis, que tu es belle, Nathalie.

Heureux d'une tendresse lointaine et continue,
Eternelle car sans passion absolue.
Dans ce jardin aux multiples essences,
A mes côtés, précieuse et agréable présence.
Et si jamais elle me prend la main,
D'un élan timoré, geste anodin,
Tout en moi brillera, reflet d'un sourire infini,
Magie d'une amitié, que tu es belle, Nathalie.

Backroom

Je suis parti dans la forêt ramasser des brindilles,
Au hasard des rencontres des nuits enflammées,
Je ne savais pas encore combien il était facile,
D'amasser tout un tas de ce bois trop léger.

Ma quête, aux yeux de pauvres sages,
Paraissait bien futile et frappée d'ignorance,
Voulant me conseiller, ils attisaient ma rage
De fouiller dans ces lieux sans veine espérance.

J'ai plongé, de fait, plus profond et plus sûr,
Voyant alors les troncs diversement descendre
Vers les nuits si rapides du sexe pur,
Alliant les essences des écorces tendres.

Ce n'est que bien plus tard que je sortis de l'abîme,
Trainant mes souvenirs, des branches plein les bras,
Déposant mes fagots, je contemplais mon crime,
D'avoir voulu tout vivre pendant le célibat.

Et me voilà pourvu de stères de sourire,
De quelques jolies bûches et de rameaux tordus,
Pour tenir un foyer vivant, et devant m'assagir,
Sous le charme des paradis perdus.

Détresse

Tu ne demandes pas grand-chose,
Un peu d'amour c'est pas beaucoup,
Il ne faut pas après qu'on s'étonne,
De voir fleurir un peu partout,
Des aux revoirs et des adieux parfois.

Tout jeune, tout faible et tout petit,
Arbre naissant, frêle roseau, douce jonquille,
Tu es bien peu de chose à l'aube d'une vie,
Ton insouciance balayée, déjà tu vacilles,
Tremblant de ne savoir ce que demain tu seras.

Ecartelé entre l'enfance et la grande existence,
Tiraillé par des amours contradictoires,
Tu patauges dans les boues de l'adolescence,
Et de grande défaite en petite victoire,
On ne sort jamais indemne de cette lutte-là.

Mais si tu surmontes ce barrage,
En découlera apaisé ton caractère,
Et sous de nouveaux traits de visage,
Tu trouveras, je l'espère,
Une longue vie sans fracas.

Enfin

Enfin, enfin tu pleures,
Laisse sortir ton chagrin,
Quelques larmes pour ouvrir ton coeur,
Qui coulent sur ton visage empreint.

Pleure, pleure,
Puisque tu n'as que ton chagrin
En unique soulagement à cette heure,
Et puisqu'il n'y a que ça qui te fait du bien.

Juste ces quelques mots:
Je vous aime,
En simple explication de ces maux,
Et pour toute arme contre la haine.

Je vous aime,
Terrible déclaration,
Charge supplémentaire que l'on traine,
De n'avoir su voir la désillusion.

Que le vide est immense,
En spirale vertigineuse,
Dans l'atmosphère dense
Des heures malheureuses.

Je vous aime,
Ce sont les mots les plus douloureux,
Car ce sont ceux-là même
Incapables de te retenir ici et heureux.

Jaloux

Dans un élan de nostalgie,
J'ai eu envie d'écrire une chanson d'amour,
Et de venir vous la chanter ici,
Peut-être un peu pour vous rendre jaloux.

Mais l'inspiration n'est pas venue,
Elle ne dort pas à côté de moi ce soir.
Ni hier, et après ? Où es-tu ?
Espace vide où résonne l'absence d'y croire.

Me voilà bien, moi et mes idées,
Prétention légitime rêvée seul dans un lit,
Je peux certes l'imaginer,
Et vous ouvrir mon cœur trop gris.

Son visage que seul je vois,
Dans le matin, dans la détresse ou l'alizé,
Dans la peine ou dans le noir,
Œuvre d'amour sculptée dans le satin et la rosée.

Courbe enivrante de sa ligne divine,
Préambule de mes nuits trop agitées,
Et le charme subtil de sa grâce sublime,
Source involontaire de mes écrits désolés.

Je reviendrai peut-être demain,
Accompagné un soir, ou toujours et devant vous,
Main dans la main vous chanter un refrain,
Tous deux, être heureux, et vous, vous voir enfin jaloux.

J'aurais tant aimé

J'aurais tant aimé aller le chercher,
Ou mieux encore, le voir arriver.
A son bras, se promener paisible,
Et bouleversé dans un amour terrible,
Où la folie se mélangerait à la quiétude,
Pour secouer et chahuter nos habitudes,
Dans une osmose qu'on osait espérer,
Un corps à corps violent et désarmé.

J'aurais tant aimé le voir arriver,
Et plus encore qu'il vienne me chercher.
Main dans la main marcher près de lui,
Le cœur au chaud et toutes peurs enfouies.
Emu par sa présence immense et douce,
Cette force loin des limites nous repousse,
Décuplant notre foi nous croyant invincibles,
Dans une relation que l'on sait si fragile.

Jeune con

Que j'aime l'hypocrisie de ce jeune homme,
Ce jeune con avec sa chevelure blonde,
Ce regard au coin de l'oeil que parfois il me lance,
Quand tout son corps s'agite sur la piste de danse.
Il m'a encore évitée, vêtu de son esprit trop moulant,
Fier et imbécile et somme toute peu intéressant.
Mais qu'est-ce que je lui trouve, je dois être folle,
Ce désir fou qu'à mon corps il se colle.
Je l'ai attendu au coin de ce pilier,
Pour qu'il vienne et peut-être m'embrasser.
C'est vrai, je l'espérais, sortant de son carcan,
De sa fierté dénudée baisser les yeux timidement.
C'était sans doute trop lui en demander,
Tant pis pour lui, il ne sait pas ce qu'il a raté.
Il doit être trop nul, je dois mériter mieux,
Il y a sans doute mieux, mais c'est lui que je veux.
Tout à l'heure, j'irai lui offrir un verre,
Et s'il refuse, je me roule par terre.
Et puis non, il serait trop content,
Qu'à ses pieds tombe une si jolie enfant.
J'enrage, je peste, je le maudis,
Car après tout, il se prend pour qui ?
Ce jeune con avec sa chevelure blonde,
Ce freluquet taillé comme une fronde.
Il n'a rien, ou si peu, ou en trop,
Mais qu'il est beau, dieu qu'il est beau !

K.O. Indigo

La mer est en bleu
Blanches les neiges des cimes
Vert comme tes yeux
Rouges sont les cerises.

Le désastre se vêt de noir
Ma peine n'est pas amarante
Les cocus en jaune se donnent à voir
Ma honte n'est pas transparente.

Rayée ma confiance,
Plus qu'ultra violée.
Et bonjour l'ambiance,
Ainsi bariolée.

Marron est la terre
La terre que tu m'as fait mordre
J'suis marron, j'en suis vert
Et toi, bleuté quand ton cou je vais tordre.

Tu as mis ta robe rose libertine
Pour mieux te griser jusqu'au matin
Brisé, brisé mon cœur d'opaline
Moi, j'en ai perdu les couleurs de mon teint.

La vie sans E

Je pense à E
Je pense à L
Je pense à L
Mais lui c'T
Je pense à A
Je me dis M
Sans faire K
Je pense A C

J'ai connu L
J'ai connu A
J'ai perdu E
Ce que j'ai U
Ce que je P
Dans mon cœur G
Un peu de N
Je vis sans E

Les voiliers

Vois-les ces voiliers qui s'envolent
Emportant larmes et galères
Sur cette mer au voile nuageux.

Prends-les ces rêves qui t'affolent
Poussés par de possibles chimères
Sur ta couche à l'espace trop généreux.

Oublie ces peurs qui te désolent
Baignées dans des pensées colères
Et ces angoisses de matins pluvieux.

Vis-les ces moments que tu frôles
De la durée dans l'éphémère
Moment éternel d'une seconde à deux.

Vois prends oublie et vis ce rôle
Que naturellement tu espères
Avoir et être un être heureux.

Oraison

Le mois de mai n'est plus celui des fleurs,
Il restera à jamais celui des pleurs.
Parce que l'on pense toujours à toi,
Où que tu sois, et même si tu ne reviens pas.
Il n'y a pas d'horizon au bout de notre regard,
Pas même un mirage pour nous garder espoir.
Souffrir et sentir son cœur éclater,
Sa poitrine tiraillée se déchirer.
Survivre dans une cathédrale de haine,
Où l'on se recueille pour mieux étouffer nos peines,
Et prisonnier, suffoquant dans ce dôme immense,
Il m'arrive de pleurer cette insoutenable absence.
Tu as choisi de partir au bout de l'infini,
Elles sont trop loin les terres de ton exil.
Et si tu dors paisible sur quelques fougères,
Couvert et réchauffé par une brise légère,
Ici, on n'a jamais eu aussi froid,
Perdu entre le silence et les pourquoi.
Tu étais tout, le soleil et le vent,
La douce blancheur d'un matin de printemps,
Magique placebo par un éclat de rire,
La fougue et la fugue, l'impatience de vivre.
Tu voulais, par des ailleurs et des terres promises,
Illusoire alchimie, transformer ta vie à ta guise.
Cruelle déception, basique réalité de la vie,
Profonde cicatrice, trop faible ou trop naïf,
Immense précipice, vertige du futur,
Trop fort, trop dur pour une âme trop pure.
On se lève un matin, brisé, cassé,
Sans autre issue que celle de s'évader,
Et ce n'est pas fuir que de se libérer,
Ouvrir une porte pour ne plus étouffer,
Point de lâcheté à tout abandonner,
Et quel courage il te fallut pour nous oublier.
Alors seul sur ce sentier, je vis, ou je survis,
Sous la brume matinale, toute la nostalgie.
Il n'y a pourtant pas d'autre solution,
Continuer toujours cette lente progression,
Pour arriver un jour où nous pourrons, enfin en paix,
T'aimer sans haïr, et sereins, t'aimer à tout jamais.

Petit voleur

Que fait ce garçon dans mon coeur?
Faut que je le vire, il n'a rien à faire là.
Je le croyais mon âme soeur,
Il est rentré, s'est installé comme un pacha.
Il est rentré comme un voleur,
Profitant d'une complicité que je ne savais pas.
Tranquillement, tout en douceur,
Sans rien bouger, par l'amitié, à petits pas.
Il s'est posé comme une fleur,
Un jour d'absence, il a dû arriver chez moi.
Il se fout de ma douleur,
Faut qu'il parte, il ne peut pas rester là.
Il a dû faire une erreur,
Prenant mon coeur pour un sofa.
Qu'il aille voir ailleurs,
Je ne veux plus supporter ça.

Première rencontre

Tu t'es senti gêné tout à coup,
Tu as rougi, bafouillé, un peu perdu,
Les yeux baissés, voyage dans le flou,
Savoir le dire tu n'as pas su.
Tu as cru anéantir toutes tes chances
A ce moment de notre rencontre,
Quelques secondes d'un trop long silence,
C'était fini, instant gâché, visage sombre.
Mais la parole n'exprime pas tout,
Irrésistible sourire, intelligence du regard,
J'avais craqué, premier indice du remous,
Charme absolu de tes mots épars.
Que tu étais beau, si timide,
Si fragile, un peu perdu,
Mon coeur a dit oui tout de suite,
A cet ange qui devant moi apparu.
Nos premiers pas côte à côte,
Dans ce parc, seul témoin de notre émoi,
Je n'avais pas dans cette rencontre,
La hautaine assurance que j'affichais là.
Soudain, tu as pris ma main, mon bras,
Puis mon amour tu as ravi.
Tu tremblais, tu doutais encore, tu ne savais pas,
Qu'un nouvel amour était en vie.

La solitude

La solitude est une prison sans murs,
S'en évader en est d'autant plus dur,
Quand on n'a pas de point de repère,
Vers où aller, vers quelle terre ?
Atteindre une invisible cible,
Tout cela semble inaccessible.
Et il n'y a pas forcément que les loups,
Quelques baladins, quelques fous,
Pour en apprécier tout son poids
Dans une société qui ne veut pas de toi.
Et il n'est pas si simple de s'en aller,
Pour finalement retrouver des milliers,
Là où se noie dans un flot d'illusions,
L'hypocrite parole pour éviter sa prison.
Et dans cette foule immense qui chantera peut-être,
Tu la ressentiras au plus profond de ton être.
Le cœoeur n'est pas un enfant qui rit ou qui pleure,
Que l'on peut occuper par quelques malheureux leurres.
L'esprit s'évade seul, propulsant tes rêves
Sur des nuages si beaux que toi tu en crèves,
Et si tu crois encore qu'elle n'existe pas,
Que l'on peut la tromper par quelques apparats,
Va donc en parler à l'orphelin,
Quand dans son lit il s'endort au matin.
Et dans le froid, dans sa tranchée,
Le soldat, d'un coup, se trouve désarmé.
Quand leur cœur ne bondit plus, trop résignés,
Les vieux aussi pourraient t'en parler.
La solitude est une prison sans murs,
Pas si facile dans le vide de faire une ouverture.

Ton petit corps

Je t'ai vu danser, je t'ai admiré,
Tu m'as subjugué, ton petit corps animé.

Je t'ai vu sourire, je t'ai contemplé,
Tu m'as envouté, ton petit corps passionné.

Je t'ai vu dormir, je t'ai observé,
Tu m'as fasciné, ton petit corps reposé.

Je n't'ai pas touché, j'aurais tout cassé,
Tu m'as ébloui, ton petit corps désiré.

J't'ai regardé vivre, je t'ai observé,
Tu m'as émerveillé, ton petit corps agité.

J'ai voulu te suivre, j'ai envisagé,
Tu m'as attiré, et nos deux corps rassemblés.

Une chance

Je n'ai pas cru que je pouvais
Si facilement te parler
Alors je suis souvent passé
A tes côtés sans t'aborder.

Si on n'a qu'une chance…

Quand on a un visage
Qui vous sourit magnifiquement
On ne peut croire, c'est étrange
Qu'il sourit pour vous seulement.

Si on n'a qu'une chance…

Mais comment pouvais-je savoir
Toujours un garçon à ton bras
S'il y avait un seul espoir
Qu'un jour enfin ce soit moi.

Si on n'a qu'une chance…

La dernière fois que je t'ai vue
Sur mon regard tu as insisté
Et finalement j'ai jamais su
Ce qui aurait pu arriver…

Si j'avais cru à cette chance.

C'est sûr, c'est de l'amour

C'est doux comme une brise de printemps,
C'est un papillon bleu, c'est léger et pesant,
C'est beau comme un ciel azuré et sans nuage,
Une empreinte profonde, la violence de l'orage,
C'est grand et puissant, placide et émouvant,
Ça se mélange et ça pétille, sarabande de sentiment,
C'est subtil et solide, fragilité d'un coeur en émoi,
Complicité tacite, c'est entre toi et moi,
C'est tout ça depuis toujours,
C'est sûr, c'est de l'amour.

Ce sont des heures d'angoisse et des matins bonheurs,
Un regard complaisant, affectueux ou rieur,
C'est un geste, un mot, c'est donner,
C'est savoir et comprendre, c'est un petit baiser,
Ça a la couleur d'un pays, la fraîcheur de la paix,
La douceur du satin allongé dans un pré,
C'est dans la poitrine et ça bat très fort,
C'est dans l'air, ça conjure le mauvais sort,
C'est tout ça et pour toujours,
C'est sûr, c'est de l'amour.

Reconnaissance

Tu te souviens quand j'étais gosse,
Je voulais t'épouser.
Je voulais en faire des choses,
Mais ça c'était ma priorité.
Mes projets ont été compromis,
Noyés sous les années.
Bien sûr tout n'est pas fini,
Tu es tellement belle à regarder.
Je n'aurais peut-être pas dû grandir,
C'est pas bien grave, on s'aime encore.
Un petit baiser au bord de ton sourire,
Un petit bout de joie vient d'éclore.

Plutôt discret, pas très bavard mais toujours là,
Complaisant à mon égard,
Je sais qu'il a toujours été fier de moi,
Toute la force dans un regard.
Et quand je m'approchais de lui,
Timide et leste,
Il m'apprenait ce qu'il savait, et puis,
A mon tour je refaisais ses gestes.
Je voyais alors briller ses yeux,
Ne disant rien, trop pudique,
Le corps, le coeur d'un homme s'émeut,
Devant son enfant, sa réplique.

Pas facile de leur rendre hommage,
Et trop vite résumer,
Par des mots, une phrase sur une page,
Une vie entière à les aimer.
Et le dire, en est-il besoin?
Papa, maman,
Toujours, toujours plus loin,
Exponentiel amour de leur enfant.
Je ne les ai pas choisis,
Qu'ai-je fait pour tomber aussi bien ?
Que le ciel en soit béni,
Je resterai auprès des miens.

Sans amour

Sans amour je te dis que je t'aime,
Sans amour je te dis que tu es beau,
Avec tout mon amour je te protègerai.

Sans haine on se dispute,
Sans haine on se défie,
Avec tant de haine je te verrai partir.

Sans confiance, pas de contact possible,
Sans confiance, qu'aurions-nous vraiment vécu ?
Avec toute ma confiance en ton avenir.

Sans amitié de toi, comment avancer ?
Sans amitié si on ne connaît pas la tienne,
Avec toute mon amitié... et mon amour !